La desaparición de Patò

Crimen y Misterio

Andrea Camilleri

La desaparición de Patò

Traducción de Juan Carlos Gentile Vitale

DESTINO

PEFC Certificado

Este libro procede de bosques gestionados de forma sostenible

PEFC

PEFC/14-38-00305

www.pefc.es

Título original: *La scomparsa di Patò*

Ediciones Destino, un sello editorial de Editorial Planeta, S. A.
Avda. Diagonal, 662-664, 08034 Barcelona (España)
www.edestino.es
www.planetadelibros.com

Diseño de la cubierta: Booket / Área Editorial Grupo Planeta
Primera edición en Colección Booket: marzo de 2024

Depósito legal: B. 1.891-2024
ISBN: 978-84-233-6479-4
Impresión y encuadernación: CPI Black Print
Printed in Spain - Impreso en España

Biografía

Andrea Camilleri nació en 1925 en Porto Empedocle, provincia de Agrigento, Sicilia, y murió en Roma en 2019. Durante cuarenta años fue guionista y director de teatro y televisión e impartió clases en la Academia de Arte Dramático y en el Centro Experimental de Cine. Publicó ensayos sobre el espectáculo, crónicas sobre hechos históricos y varias novelas históricas ambientadas en la ciudad imaginaria de Vigàta. Con la creación del comisario Montalbano, Andrea Camilleri se convirtió en un referente del género negro, reconocido por la crítica y los lectores de todo el mundo. Ganador del prestigioso IX Premio Carvalho en 2014, traducido a treinta y seis idiomas y con más de treinta millones de ejemplares vendidos, es uno de los escritores más leídos de Europa.

Cincuenta años antes, durante las funciones de la Muerte, *es decir, de la Pasión de Cristo según el caballero D'Orioles, Antonio Patò, que hacía de Judas, había desaparecido, de acuerdo con las exigencias del papel, por el escotillón, abierto puntualmente, como un centenar de veces antes entre ensayos y representaciones: sólo que (y esto no estaba en el papel) desde aquel momento nadie había vuelto a saber de él; y el hecho había pasado al proverbio, para indicar las desapariciones misteriosas de personas o de objetos.*

LEONARDO SCIASCIA, *A cada uno lo suyo*

1

DESAPARICIÓN DE PATÒ Y FATIGOSO INICIO DE LAS INDAGACIONES

L'ARALDO di MONTELUSA

Gerente: Pasquale Mangiaforte *Jueves, 20 de marzo de 1890*

La "Muerte" en Vigàta

Ayer nos llegó la noticia de los preparativos que bullen en Vigàta con vistas a la representación de la *Muerte* que tendrá lugar mañana, 21, Viernes Santo, como tradicionalmente se repite desde hace unos veinte años. A la representación, que dará comienzo a las 3.30 horas de la tarde, asistirán S.E. Reverendísima el Obispo de Montelusa, Monseñor Angelo Boscaìno; S.E. el Prefecto, Gran Oficial Francesco Tirirò; el Jefe de Policía, Comendador Liborio Bonafede; el Comandante de la guarnición, Coronel Emilio Bousquet; el Comandante de los Reales Carabineros de Montelusa, Capitán Arturo Carlo Bosisio; el Comandante de la Capitanía del Puerto, Capitán Ortensio Benvenuto; el Alcalde, Caballero Antonio Caruana, y el Consejo municipal en pleno. Un gratísimo huésped será el Diputado Comendador Gaetano Rizzopinna, del Partido de la Oposición. No estará presente, en cambio, S.E. el Senador Gran Oficial Artidoro Pecoraro, Subsecretario de Estado del Ministerio del Interior, agobiado por sus compromisos de Gobierno. ¡Lástima! La ciudadanía habría aprovechado la ocasión para apiñarse a su alrededor y agradecerle sus dos nuevos regalos: la red de alcantarillado y el lavadero municipal.

Se prevé una gran multitud de espectadores que concurrirán desde los pueblos vecinos. Al efecto, el alcalde Caruana ha dispuesto medidas especiales de acogida que incluyen merenderos y letrinas.

Este año el gran escenario para la *Muerte*, construido bajo la dirección del experto maestro de hacha Cosimo Vapano, ha sido montado no a los pies de la escalinata de la Catedral, sino frente al palacio de los marqueses Curtò di Baucina.

Con gesto vivamente apreciado por la población, el marqués Simone Curtò ha concedido el uso de cuatro de sus almacenes, cuyas puertas se asoman al interior del vasto patio particular. En dos de dichos almacenes podrán vestirse con comodidad los cien comparsas, divididos por sexos, de modo que no haya que sufrir por la inconveniente promiscuidad. Los otros dos almacenes tendrán igual destino: aquí podrán cambiarse las amables actrices, además de los apreciados actores, en número de veintidós, entre los que se encuentran los nombres de estimados profesionales y de honestos comerciantes de Vigàta, que ya en el pasado han querido manifestar públicamente, del mismo modo, el sentimiento de su profunda devoción.

Un dicho popular suele afirmar que marzo es un mes loco: nosotros hacemos fervorosos votos para que mañana, recuperado el juicio, regale a los participantes el don de un cielo sereno.

REAL DELEGACIÓN de POLICÍA de VIGÀTA

Al señor Jefe de Policía de
Montelusa

Vigàta, 20 de marzo de 1890

Nº Reg. 208
Objeto: Autorización requerimiento

Ayer, sobre las 10 de la mañana, un recadero de la filial local del Banco de Trinacria, sito en el número 16 de la Plaza Grande, vino a advertirnos con alarmadas palabras de un furibundo altercado que se desarrollaba en el despacho del Director de la antedicha filial, contable Antonio Patò.

Habiendo acudido rápidamente al lugar, encontré en el despacho, además de al contable Patò, al comerciante de cereales Gerlando Ciaramiddaro, el cual, presa de una incontenible ira, no satisfecho con haber tirado al suelo todos los papeles que estaban sobre el escritorio del Director, no conforme con haber roto las patas de una silla, no contento con haber orinado en el centro de la habitación, había arrojado el tintero lleno a la cara del contable Patò y se aprestaba a llegar a las manos.

Inmovilizado el energúmeno que seguía profiriendo amenazas de muerte contra el Director, sabía por este último, presa de una comprensible agitación, que el motivo de la disputa era la denegación de un aplazamiento en la restitución de un préstamo de 280 liras concedido a Ciaramiddaro nada menos que veinticuatro meses antes.

Ante la respuesta de que el Banco de Trinacria no podía permitirse una nueva demora, Ciaramiddaro pegó un salto y chillando como un loco: «¡Ya verás, grandísimo cornudo!», dio inicio al desastre antes mencionado.

Alejado del despacho Ciaramiddaro, después de haberlo severamente apercibido, invité al contable Patò a presentar una pormenorizada denuncia del suceso. Pero él se negó con firmeza, desestimando mi insistencia, aseverando que no era su costumbre ensañarse con los deudores.

Y de hecho el contable Antonio Patò es querido y estimado por los ciudadanos de Vigàta, que lo consideran un hombre de gran rectitud, de íntegra conducta y de píos sentimientos.

No es casual que, desde hace cuatro o cinco años, haya asumido la carga de ponerse en el pellejo de Judas en la *Muerte*, representada aquí cada año. Él ofrece al Señor, como penitencia por sus pecados, el verdadero vilipendio de los espectadores que odian y desprecian la figura del traidor de Cristo.

En cuanto a Gerlando Ciaramiddaro, es una persona habitualmente violenta, prepotente y muy próxima, según se dice, al conocido capo mafioso Calogero Pirrello, en libertad por falta de pruebas en un proceso por triple homicidio.

Por tanto, ruego a Su Señoría Ilustrísima que me autorice a remitir a Gerlando Ciaramiddaro un requerimiento oficial por su habitual comportamiento precursor de riñas, a menudo sangrientas.

El Delegado de Policía
(Ernesto Bellavia)

Al Señor Mariscal de los
Carabineros de
Vigàta

El que suscribe Onofrio Vasapolli conocido como Nofriu nacido en Montirriali y que aún está allí en la calle Sfirlazza sin número pone en su conocimiento que Arturo Vasapolli conocido como Tutù ayer por la tarde se escapó.
Se trata de mi hermano de 45 años que los señores médicos del manicomio de Montilusa han dicho que se había curado después de 10 años de hospital.
No se había curado un carajo, perdonando lo presente, sólo digo esto: cada mañana cuando va a la viña a cagar lo hace sobre una hoja de parra que después trae a casa y se come con leche de oveja. Que está totalmente loco lo sabe mi pobre esposa que padece todo el día detrás de él dado que no hace nada de nada de la mañana a la noche, salvo que cada media hora se arrodilla y se

pone a rezar dando tales chillidos de mea culpa que hasta los perros se escapan asustados. Los doctores del hospital dicen que se trata de una inocua manía religiosa. ¡Nada de inocua!

Aunque Tutù es bueno y afectuoso se convierte en un perro rabioso cuando oye que alguien blasfema o dice palabrotas. El otro día se me escapó una maldición porque una piedra pesada me había caído sobre un pie y él me persiguió por todo el campo con la hoz en la mano vociferando que me quería cortar la cabeza.

La semana pasada al oír que en Vigàta se celebraría la «Muerte» le dio un ataque, se puso colorado y dijo que esta vez no dejaría que Judas se fuera de rositas y que si era preciso era capaz de matarlo con sus propias manos. Puesto que Tutù está fuera de casa desde ayer y esta noche no ha regresado, he pensado que quizá haya venido a Vigàta para matar a Judas.

Como descargo de cualquier responsabilidad mía y de mi esposa, la señora Rosalia Spirticato.

Cruz de Onofrio Vasapolli

X

El que suscribe, Alfonzo Mercurio, Teniente de Alcalde de Montereale, manifiesta que la cruz de Onofrio Vasapolli, analfabeto, pertenece a Onofrio Vasapolli y firmo

Mercurio Alfonzo

tú que haces
El papeL
de judas
eres peor
()ue él

L'ARALDO di MONTELUSA

Gerente: Pasquale Mangiaforte **Viernes, 21 de marzo de 1890**

(Estamos seguros de que nuestros devotos lectores nos agradecerán que publiquemos, con ocasión de la representación de hoy de la Muerte *en Vigàta, este docto escrito del ilustre profesor Federigo Consolato, conocido estudioso de las costumbres populares.)*

La "Pastoral" y la "Muerte"

Entre las poblaciones sobre todo campesinas de la parte occidental de nuestra hermosa Trinacria hay dos representaciones gratas a todos. Sin temor a equivocarnos, una es la *Pastoral*, que se recita durante las Festividades Navideñas, y la otra es la *Muerte*, montada en la plaza en los días de la Semana Santa.

La *Pastoral*, cuyo verdadero título es *La Emancipación del hombre realizada por el Verbo*, fue compuesta, con un prólogo y tres actos, a fines del siglo XVIII por el padre Fedele Palermo Tirrito de San Biagio Platani, capuchino. Ésta fue muy apreciada tanto por el pueblo llano como por la burguesía, hasta el punto de que hubo una aldea, según dice el estudioso Alfonso Zaccaria, que «retuvo a una compañía de cómicos de la legua durante nada menos que un semestre y aseguró a los actores una parcela para labrar y cultivar con habas y hortalizas, siempre que cada noche representaran la *Pastoral* (pero con la condición de que incluyera un "Nardo" local)».

La obra es de una notable coralidad y se basa en la lucha entre Lucifer y el Ángel que quieren impedir el uno el Nacimiento del Salvador y el otro, por el contrario, favorecerlo por cualquier medio. En torno se mueve una gran multitud de personajes, entre los cuales sobresale el del torpe y gracioso pastor llamado «Nardo». Este personaje suele confiarse a un actor aficionado, elegido entre aquellos que se distinguen, en el pueblo, por su sagacidad campesina. El papel de Nardo es, pues, improvisado, lo cual significa que se vale del momentáneo estro del intérprete. Nardo, ha egregiamente escrito el ya citado Zaccaria, «personifica el espíritu rebelde de la platea popular, los movimientos de revuelta contra la esclavitud, la natural inclinación a la guasa, a la controversia burlona, a la comicidad vulgar».

Es por eso que las más hilarantes ocurrencias de los Nardos locales no han permanecido entre las murallas de los pueblos, sino que se han trasladado de pueblo en pueblo, manteniendo sus innovaciones en perjuicio de la original *Pastoral* del padre Fedele, de la cual ahora es extremadamente arduo restablecer cuáles son sus verdaderas páginas. Entre las escenas espurias que han entrado de manera estable en el repertorio, es memorable aquella en la cual Nardo, disfrazado con barba y ropa extraña, tropieza con el Diablo a las puertas de Belén. *Et de hoc satis*, porque nuestra principal intención es ilustrar a los que no conozcan la *Muerte*, que se representa hoy.

De la *Redención de Adán en la muerte de Jesucristo* (que es, en verdad, el título original de la comúnmente llamada *Muerte*) es autor el caballero Filippo Orioles. No he podido saber nada de este escritor por más que haya buscado en libros y manuscritos. Por suerte lo encontramos mencionado en el *Diario Palermitano* del marqués Villabianca, parte aún inédita, en la cual se lee lo siguiente:

«Agosto de 1793. Por dos razones incurro en la excepción de apuntar en estas memorias la muerte de una persona menuda como fue Filippo Orioles. La primera porque fue un buen poeta e improvisador de versos latinos, habiendo dejado su nombre en la prensa pública con sus obras dramáticas, y puesto en escena la muerte de Cristo. La segunda es que había alcanzado la edad de ciento seis años, que rara vez se vio entre los hombres.»

Es preciso aclarar que Villabianca al llamar a Orioles «persona menuda» no se refiere a su aspecto físico, sino a la clase de la cual parece tener razón quien sostuvo que Orioles no tenía derecho al título de Caballero que daba a entender sobre todo anteponiendo a su apellido la partícula nobiliaria «de».

La tragedia consta de tres actos con un prólogo y enumera nada menos que 44 personajes que, no obstante, como advierte el mismo Autor en la edición impresa de 1750, pueden reducirse a 19. *La redención de Adán* encontró tanto favor entre nosotros como quizá ninguna tragedia de autor siciliano. Son muy frecuentes e infinitas las copias manuscritas en toda Sicilia, estropeadas con despropósitos, añadidos, interpolaciones arbitrarias y modificaciones.

Entre estas modificaciones, la más relevante parece ser la relativa a la muerte de Judas. En la edición impresa de 1750, que debería haber sido revisada en prensa por el Autor, aunque parece que no fue así, la muerte de Judas era sugerida al espectador a través de un cuadro en el cual se veía al traidor saliendo de escena con una cuerda con lazo para ir a colgarse, perseguido por la Esperanza, el Perdón, el Arrepentimiento y la Fe. En la Advertencia previa, el propio Autor aconseja a los eventuales directores la omisión de estos cuatro personajes, que forman el cortejo de Judas, dejando que sea sólo el traidor quien abandone la escena. Con toda evidencia, Orioles consideraba que no sería fácil representar a la vista de todos un ahorcamiento, aunque sea el de Judas, tanto en el aspecto moral (sin duda, un censor curial habría protestado, y con fundamento) como en el aspecto práctico (al ser muy grande el peligro de un accidente mortal).

Sin embargo, este mutis, aunque sea condimentado con quejumbrosos lamentos y desesperadas invocaciones de arrepentimiento, no producía, entre el público, ningún efecto catártico.

Entonces a alguien se le ocurrió hacer que el Iscariote, llegado con la cuerda en la mano al lugar designado para el suicidio, en el cual se encontraba preparado un árbol falso, atase la cuerda a una rama y, mientras estaba metiendo la cabeza en el lazo, invocara desesperado al Demonio a fin de que la tierra se abriera bajo sus pies; Lo que precisamente ocurría, entre el horror de la concurrencia, gracias a la apertura de un oportuno escotillón, maniobrado en el momento apropiado por el mismo actor con un sagaz movimiento del pie. Esta solución escénica encontró una gran aceptación. Y es la que ha sido elegida, desde hace mucho tiempo, para las representaciones de la *Muerte* en Vigàta.

Federigo Consolato

Nota:
El Autor, Andrea Camilleri, ha vacilado mucho en incluir entre los documentos este artículo del profesor Federigo Consolato. No porque sea inexacto, sino porque cita muy libremente, y con varios errores de bulto, el ensayo de Alfonso Zaccaria, plagiando además nada menos que dos páginas enteras debidas a Giuseppe Pitrè («Espectáculos y Fiestas populares sicilianas»). Nos excusamos con el advertido Lector.

REAL DELEGACIÓN
de POLICÍA
de VIGÀTA

Al señor Jefe de Policía de
Montelusa

Vigàta, 21 de marzo de 1890

Nº Reg. 209
Objeto: Informe diario

Se comunica que en Vigàta, en la jornada de hoy, 21, Viernes Santo, con ocasión de la representación de la *Muerte* han confluido en la Plaza Grande, además de los ciudadanos que habitan en esta ciudad, también unos dos mil forasteros, convergidos de los pueblos vecinos.

El Orden público se ha mantenido gracias al generoso empeño de mis subordinados que se han prodigado sin escatimar esfuerzos.

Han sido arrestados los siguientes individuos, cuyos nombres y apellidos se encuentran en el anexo:
1) Seis carteristas.
2) Nueve personas implicadas en tres diferentes e independientes riñas.
3) Un individuo que, tras abrirse la bragueta, enseñaba sus vergüenzas erectas a señoras, señoritas y jovencitas. El arresto se ha llevado a cabo rápidamente, además de para poner fin a la indecencia, para sustraer al

hombre de la furia de maridos, novios y hermanos.
4) Tres individuos que querían sentarse a toda costa en los sitios reservados a las Autoridades.
5) Una persona que gritaba a voz en cuello: «¡Muerte al Rey y a todos los tiranos!».
6) Otra persona que gritaba de viva voz «¡El Alcalde es un grandísimo cornudo!».
7) Un individuo que, después de haber bebido tres litros de vino seguidos, se negaba a pagar la cuenta y no satisfecho con esto intentaba, consiguiéndolo en parte, prender fuego al local.

En el curso de las operaciones arriba mencionadas dos guardias han sufrido contusiones y lesiones leves.

Se hace presente, por último, que un espectador desconocido lanzó un cuchillo contra el actor, en este caso específico el contable Antonio Patò, que hacía el papel de Judas. Por fortuna el arma falló el blanco y se clavó en las tablas del escenario. Pero el gesto descortés no debe ser tomado en consideración como algo personal contra el contable Patò, sino como una espontánea protesta de un pío creyente hacia la traición de Judas.

El Delegado de Policía
(Ernesto Bellavia)

Puesto de los Reales Carabineros de Vigàta

Al señor Capitán
Arturo Carlo Bosisio
Comandancia de los Reales Carabineros
Montelusa

Vigàta, 21 de marzo de 1890

Objeto: Informe confidencial
Nº Reg. (No registrado)

Señor Capitán:

Pongo en su conocimiento lo siguiente.

Aproximadamente media hora después de que hubiera terminado la representación de la Muerte en la Plaza Grande, mientras usted se encontraba ocupado en el recíproco saludo con los demás huéspedes, se presentó ante mí, visiblemente agitado y alterado, el señor marqués Simone Curtò di Baucina, el cual manifestó lo siguiente.

Además de proclamar que nunca jamás volvería a conceder el uso del patio particular y de los cuatro almacenes anejos, dado el estado de suciedad al que habían sido reducidos después de que los comparsas se hubieran servido de ellos (habían hecho sus necesidades, mayores y menores, incluso dentro de la ar-

tística fuente que destaca en el centro del antedicho patio), dijo lo siguiente:

Habiéndose dirigido al término de la representación a reunirse con su señora madre, la princesa Imelda Sanjust degli Orticelli, de soltera Piovasco di Rondò, la cual se había negado a asistir a la Muerte, *dado que para la señora princesa cualquier espectáculo teatral, incluso en honor de Nuestro Señor Jesucristo, es siempre obra del Demonio, y que por eso había permanecido en el ala reservada a ella en el tercer piso del palacio, no la encontró. Al no encontrarla tampoco en las habitaciones próximas, imbuido por una justa preocupación, se puso a buscarla por todas las habitaciones del palacio. Al fin la halló en la Capilla privada, situada en el primer piso, desmayada y con una herida, afortunadamente muy leve, a la altura de la sien izquierda. Rápidamente socorrida, la señora princesa que, a pesar de sus ochenta y tres años, es de sana y robusta constitución física, se recuperó de inmediato y contó a sus parientes, ansiosos, lo siguiente.*

Mientras la representación se desarrollaba en el exterior del palacio, la señora princesa había sentido una imperiosa necesidad de pedir perdón a Dios por la blasfemia que, a su parecer, se gritaba en la plaza, rezando con urgencia algunos misterios del Santo Rosario. Por consiguiente, tras abandonar el sector en que residía, había hecho lo siguiente.

Una vez bajada al primer piso, entró en la Capilla privada por una portezuela lateral. La Capilla, inspeccionada por nosotros, no tiene ventanas, sólo recibe la luz de dos grandes cirios puestos encima del Altar mayor y de algunas velas esparcidas aquí y allá. Después de dar apenas un paso más allá del umbral, la señora princesa se detuvo de golpe al oír un gemido apagado y lastimero que provenía de alguna parte. Aguzando la vista, percibió lo siguiente.

Precisamente en su reclinatorio personal, el más cercano al Altar, se movía ondulando un confuso enredo del que salía el lamento. Acercándose aún más sin ser oída, se horrorizó al percibir lo siguiente.

Con los antebrazos apoyados en el reclinatorio y el resto del cuerpo tendido hacia atrás, una mujer, con la ropa recogida sobre la espalda, ofrecía su desnudo trasero a un hombre que, con los pantalones bajados, gallardamente se aprovechaba de ella. Trastornada, incapaz de emitir un grito, la señora princesa se acercó, sin embargo, cada vez más, para descubrir si los dos copulantes eran sus criados, pero, al no haberlos reconocido como tales, al fin fue superada por el terror del infame sacrilegio y se desvaneció, faltándole las fuerzas. En la caída, se golpeó la cabeza procurándose una leve herida. Los dos reos aprovecharon el desfallecimento de la dama para arreglarse la ropa y darse precipitadamente a la fuga.

Por tanto, el señor marqués Curtò di Baucina pide lo siguiente.

Que sean detenidos y luego sometidos a un severo interrogatorio todos los participantes en la Muerte (actrices y actores excluidos) con el fin de identificar a los dos com-

parsas, el varón y la mujer, que, evidentemente introducidos a hurtadillas en el palacio, profanaron la Capilla, además de la vista de la señora princesa.

He respondido lo siguiente.

Que haríamos lo posible y hasta lo imposible para identificar a los culpables.

Pero como usted ha tenido manera de constatar personalmente, los comparsas empleados en la Muerte superan el centenar. Sería como ir a buscar una aguja en un pajar. ¿Debo iniciar, de todos modos, la indagación? Y si acaso los identifico, ¿de qué los acuso?

Para su conocimiento.

El Mariscal de los Reales Carabineros
(Paolo Giummàro)

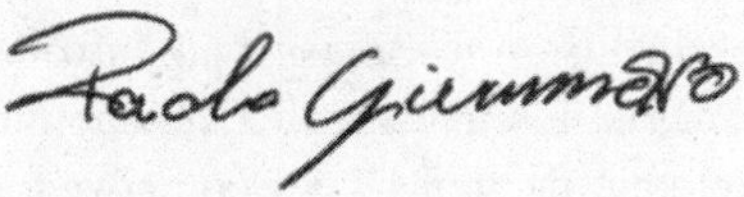

L'ARALDO di MONTELUSA

Gerente: *Pasquale Mangiaforte* — *Sábado, 22 de marzo de 1890*

La gran representación de la "Muerte" en Vigàta

Ayer por la tarde se representó en Vigàta la anunciada y tan esperada función de la *Muerte* que, no obstante, se inició con unos minutos de retraso a la espera de la llegada de algunas Autoridades. Una enorme multitud, alegre y festiva, llenó hasta lo inverosímil la Plaza Grande, algunos jovencitos treparon incluso a los tejados de las casas, los balcones estaban repletos, de todas las ventanas asomaban cabezas.

Como ya se ha dicho, este año el palco para la representación, de 30 metros de largo, 10 metros de fondo y 1,86 metros de altura, recubierto por las magníficas y sugerentes escenografías pintadas por el famoso pintor de carretas Giacomo Schilirò, fue erigido a lo largo de la fachada del palacio de los marqueses Curtò di Baucina, frente a la Catedral. Los magníficos y multicolores trajes, junto con los maquillajes escénicos y el atrezo, fueron alquilados, como cada año, a la firma Ronconi & C. de Palermo. Un verdadero espectáculo era el continuo movimiento de los comparsas, más de cien, guiados por el Comandante de la Guardia municipal Alessandro Santoro. Cuatro de estos guardias, en uniforme de gala, estaban en cada ángulo del palco. Este año hubo una gratísima y conmovedora innovación: en el momento de la subida al Calvario, la banda municipal local, egregiamente dirigida por el Maestro Salvatore Cusumano, ejecutó una doliente marcha fúnebre expresamente compuesta por el Maestro.

Y ahora pasemos a las señoras actrices y a los señores actores, después de hacer un necesario y breve preámbulo histórico.

Hasta 1885, habían sido campesinos, pastores, carreteros y pescadores los que se prestaban para interpretar los papeles, mientras que Jesús era magistralmente incorporado por el Arcipreste padre Spiridione Randazzo, a quien también estaba confiada la responsabilidad artística de todo el espectáculo. Cuando el padre Randazzo, justamente en 1885, cumplió sesenta años, manifestó públicamente que ya no podía sostener la pesada carga de aquel papel y, además, que su figura de anciano difería demasiado de la del Redentor, de treinta y tres años. Entonces se planteó el problema de la sustitución.

Por tradición, en todas partes de la isla, el papel de Jesús siempre se confía a un hombre de Iglesia, al no parecer adecuado que se ponga las indumentarias sagradas una persona que al menos no esté habituada a las cosas de Dios. En aquella época los curas de Vigàta, además del citado padre Randazzo, eran seis, para ser precisos: el padre Saverio Spreafico, que padecía de tal obesidad que se le hacía difícil caminar; el padre Liborio Interdonato que, al contrario del padre Spreafico, era todo piel y huesos, hasta el punto de ser jocosamente llamado por sus parroquianos «'a crozza» (la calavera); el padre Basilio Persichella afectado por una llamativa cojera, consecuencia del derrumbamiento del púlpito desde el que predicaba; el padre Liberato Tortorella, que era octogenario; y el padre Cono Risippa, también él de edad avanzada. Quedaba el padre Filiberto Archirafi, de treinta y cinco años y buen aspecto, el cual en un primer momento se mostró honrado y aceptó el encargo. Pero al tercer día de ensayos manifestó que no se sentía a la altura del papel y no hubo manera de hacerlo desistir de su propósito. Para completar la crónica debe añadirse que, al año siguiente, el padre Archirafi consiguió la autorización para partir como misionero a África. Sin más vacilación, con su talante habitual, el padre Randazzo designó para el papel al señor Erasmo Giuffrida, maestro de la escuela elemental local, hombre pío, casado y con hijos. Como es natural en el hombre, la decisión del padre Randazzo, que rompía una tradición centenaria, levantó múltiples y acaloradas discusiones. Opositores vigatenses llegaron a hacer pegar carteles en los que se reprobaba la elección del Arcipreste. La decidida intervención de S.E. Reverendísima el obispo de Montelusa, en favor del padre Randazzo, puso fin a la enojosa diatriba. El maestro Giuffrida, al aceptar, puso una sola condición, que quien interpretara el papel de Judas, en sustitución del aclamado actor que desde hacía años lo encarnaba, fuera su ex compañero de escuela y amigo el contable Antonio Patò, montelusano. Director de la filial local del Banco de Trinacria, también casado y con hijos, persona de excelsa reputación. El contable Patò accedió de buen grado al deseo de su amigo.

La aparición entre los actores del maestro Giuffrida y del contable Patò produjo una sustancial mutación de clase entre los voluntariosos participantes en la *Muerte*. Mientras que pescadores y campesinos siguieron subiendo al escenario, pero con carácter de comparsas, las señoras y señores de la burguesía vigatense asumieron la obligación de interpretar los principales papeles de la sagrada representación.

Pasemos ahora al espectáculo de la tarde de ayer.

Empezamos por las amables señoras. Ante todo, la señora Annamaria Zigaìna, la cual encontró, como María, acentos tan desgarradores y desesperados por la muerte de su dilecto Hijo que ablandaban hasta el corazón más endurecido. Dos espectadoras se desmayaron por la conmoción. El doctor Angelo Sommatino, que prudentemente y con alto sentido del deber había llevado consigo su maletín, intervino rápidamente haciendo que las dos mujeres recobraran el conocimiento. Luego queremos recordar a la señora Giuseppina Corleone, que prestó su seductora presencia a la atormentada figura de María Magdalena; Marta encontró su mejor expresión en la señora Lucia Frangipane; Verónica tuvo el rostro y la voz persuasivos de Angiola Riggio; la Fe, la Esperanza y la Caridad recibieron de las tres amables hermanas Camilleri, Andreina, Elisabetta y Maria Carmela, la impronta de una intensa espiritualidad.

Entre los señores actores (a los que querríamos citar a todos por su empeño y su maestría, excusándonos en consecuencia por las omisiones), aquí recordamos el majestuoso Caifás de Vincenzo Lagùmina, de poderosa voz; el dramático Pedro de Bernardo Provenzano, que mereció un efusivo aplauso en la escena de la negación mientras un gallo (perfectamente imitado por el pollero Mattia Petrosino) cantaba tres veces; el Simón Leproso de Leoluca Gabarella; el medroso Pilatos de Franco Lo Forte; el Herodes de Filippo Mancuso; el Putifar de Carmelo Nicolosi; y el Centurión de Gaetano Spampinato.

Mención aparte merece la interpretación de Cristo que ayer hizo el maestro Erasmo Giuffrida. No sólo con la voz, sino también con la expresión de todo el cuerpo (¡admirable la escena de la fustigación!), supo personificar el tremendo sufrimiento, el sublime padecimiento de Quien quiso encarnarse para redimir a la humanidad. Cuando, ya crucificado, pronunció las palabras «Señor, Señor, ¿por qué me has abandonado?», fueron muchos los espectadores que cayeron de rodillas, golpeándose repetidamente el pecho con el puño y gritando, deshechos en llanto, el *Mea culpa*.

No menos cautivadora fue la interpretación del personaje de Judas que hizo el contable Antonio Patò, quien, desde hace cinco años, afina cada vez más su arte superfino. El cuadro de la Última Cena fue un auténtico triunfo por los modos hipócritas e insinuantes de Judas. La escena de su ahorcamiento, luego, con el sucesivo hundirse bajo tierra, fue acogida con un sinnúmero de aplausos.

Las Autoridades presentes quedaron muy complacidas por el elevado espectáculo con el Alcalde de Vigàta, Caballero Antonio Caruana, y con el Arcipreste, padre Spiridione Randazzo, verdadera alma de la representación.

Marcello Saponara

REAL DELEGACIÓN de POLICÍA de VIGÀTA

Al señor Jefe de Policía de
Montelusa

Vigàta, 22 de marzo de 1890

Nº Reg. 210
Objeto: Aviso desaparición

Esta mañana, poco después del alba, me despertó una insistente llamada a la puerta de casa. Al abrirla, me encontré con la señora Elisabetta Mangiafico, casada con el contable Antonio Patò, Director de la filial local del Banco de Trinacria, persona que, como tuve ocasión de escribir hace dos días, goza de la estima de todos los probos ciudadanos de Vigàta y que en la tarde de ayer interpretó el papel de Judas en la representación de la *Muerte*.

Entre copiosas lágrimas, la señora me comunicó que su marido no había regresado a casa en el transcurso de la noche, cosa nunca antes ocurrida, y que, por consiguiente, temía que le hubiera ocurrido algún accidente. Con prudentes palabras, logré calmarla y me hice dar mayores detalles. Ella me informó de que no había vuelto a ver a su cónyuge desde el preciso momento en que éste, vestido de Judas, se había hundido en el escenario, como requiere el espectáculo. Después de lo cual, la señora, sin esperar a que la representación hubiera terminado, se había levantado y se había precipitado a casa para atender a sus dos niños momentáneamente confiados, durante la *Muerte*, a una anciana vecina. Se asombró, pero no se preocupó demasiado de que su marido no hubiera vuelto para la hora de la cena, pues supuso que había decidido participar en el banquete que, de costumbre, se celebra después del espectáculo entre los principales participantes. Pero se quedó bastante asombrada por el hecho de que su marido no le hubiera advertido o hecho advertir su intención de cenar fuera, dado que la vivienda del contable Patò se encuentra a pocos metros de la Plaza Grande, donde también está situada la filial del Banco de Trinacria.

Durante mucho tiempo esperó en vano el regreso de su marido, angustiándose cada vez más con el paso del tiempo, pero sin resolverse a hacer nada porque no podía salir de casa, puesto que no tenía a quien confiar a los niños y no quería despertar en plena noche a su anciana vecina. Por fin, al comprender, gracias a los usuales ruidos, que la vecina se había levantado, volvió a confiarle a los pequeños y corrió a despertarme.

Habiéndome vestido, me dirigí con la señora a la Plaza Grande donde, delante del escenario, vi reunidos al maestro de hacha Cosimo Vapano y a algunos de sus hombres, que se disponían a dar inicio al desmantelamiento del escenario que ellos mismos habían construido.

Ordené al maestro de hacha que interrumpiera el inminente desmontaje y, seguido por la señora, me introduje en el foso.

Las primeras luces del día nos permitían percibir todos los detalles del lugar.

El escenario, construido con esas pesadas tablas de madera que se usan, pegadas de tres en tres, para hacer de puente entre el muelle del puerto y los barcos, tiene una longitud de treinta metros, una profundidad de diez metros y una altura de un metro ochenta y seis centímetros. La parte anterior del palco, la que mira hacia el público, está cubierta, desde el borde hasta el suelo, por tablas de madera superpuestas formando una verdadera pared que impide ver qué ocurre en el foso. Pero los otros dos lados y la parte posterior, privados de tal barrera, permiten un fácil acceso al foso. Y es por esta razón que el señor Alcalde quiso que cuatro Guardias municipales estuvieran en las cuatro esquinas del palco, para evitar que, durante la representación, algún niño o algún borracho pudiera acceder al foso causando problemas. El foso parece un verdadero bosque de palos que sostienen firmemente las tablas superpuestas, las cuales, a su vez, deben sostener el peso de más de cien personas, sin considerar los macizos decorados. El escotillón a través del cual desaparece Judas se encuentra situado a la derecha, hacia el final del palco, bajo un falso árbol de madera muy frondoso. Situada de manera perpendicular al escotillón había, en el foso, una escalera muy extraña. Invitado el maestro de hacha a explicarme su uso, me dijo que dicha escalera, en todo similar a un gran cubo cuadrado, hueco en el interior, con los peldaños dispuestos sobre tres lados y la alta plataforma cubierta por un acolchado de pesada tela, la había fabricado según precisas indicaciones del contable Patò, el cual, al caer en el foso a través del escotillón varias veces en los ensayos y en los espectáculos, había corrido el riesgo de romperse el cuello. En síntesis, observé que dicha escalera podía también considerarse como una gran caja vacía. La destapé con la ayuda del maestro de hacha: no encontramos nada. Del contable, naturalmente, no había ni rastro.

La señora Mangiafico, que evidentemente temía hallar a su marido gravemente herido en el foso, se tranquilizó bastante. Antes de acompañarla de vuelta a casa, garantizándole que empezaría las investigaciones de inmediato, exigí al maestro de hacha Vapano que dejara las cosas como estaban, puesto que necesitaba el palco y la escalera subyacente para nuevos exámenes.

En este punto, completamente fuera de sí, salió por el portal del palacio el señor marqués Simone Curtò di Baucina, quien me abordó agresivamente, intimándome a que impartiera una contraorden al maestro de hacha Vapano para que el palco fuera desmontado al instante. Sostenía que la vista de aquel aparato producía náuseas y vómitos a su señora madre, la princesa Imelda Sanjust degli Orticelli, a la cual por eso le impedían asomarse a los balcones de casa, como solía hacer.

Por toda respuesta, reconfirmaba la orden al maestro de hacha y me alejaba para acompañar a la doliente señora Mangiafico de Patò.

Tras lo cual me dirigí a la vivienda del contable Vitantonio Tortorici, Cajero jefe de la filial local del Banco de Trinacria, que sabía que estaba en posesión de una segunda llave para abrir el portal del banco. Comprensiblemente alarmado, el contable Tortorici se puso a mi disposición. Una vez dentro, encontramos las dependencias en perfecto orden. También el despacho del Director. La caja fuerte estaba cerrada. Ante la solicitud de que la abriera en mi presencia con la correspondiente llave (la otra la tenía consigo el contable Patò), se negó debido a que se necesitaba una autorización especial de la Dirección Provincial de Montelusa para enseñar a un extraño el contenido de la antedicha caja fuerte.

Mientras prosigo las indagaciones, le ruego que me haga llegar lo antes posible dicha autorización.

Quedo a la espera de eventuales instrucciones.

El Delegado de Policía
(Ernesto Bellavia)

Puesto de los Reales Carabineros de Vigàta

Al señor Capitán
Arturo Carlo Bosisio
Comandancia de los Reales Carabineros
Montelusa

Vigàta, 22 de marzo de 1890

Objeto: Informe confidencial
Nº Reg. (No registrado)

Señor Capitán:

Esta mañana al amanecer fui despertado porque se requería mi rápida intervención a causa de lo siguiente.

Había estallado una violentísima disputa en la familia del campesino Calogero Giacomazzo, que vive en la localidad de Ravanusella, debido a que su esposa, Santina Borgini, le había reprochado lo siguiente:

Que hubiera perdido durante la representación de la Muerte un manojo de coles que debería haber servido como cena (los Giacomazzo tienen cinco hijos pequeños).

La disputa había proseguido durante toda la noche, explotando al amanecer con lanzamiento de trastos, amenazas de muerte y así su-

cesivamente, entre los gritos y los llantos de los niños espantados.

Devuelta fatigosamente la paz a la familia y entregando de mi propio bolsillo el dinero para que pudieran comprar otro manojo de coles, estaba a punto de regresar, ya se había hecho de día, cuando oí unas voces alteradas por un violento altercado proveniente de la Plaza Grande por donde estaba a punto de entrar. Me detuve en la esquina, saqué la cabeza y vi lo siguiente. El Delegado de Policía, Ernesto Bellavia, mantenía una acalorada discusión con el señor marqués Simone Curtò di Baucina a causa de lo siguiente.

El Delegado había ordenado al maestro de hacha que no desmontara el palco que había servido para la representación de la Muerte, mientras que en cambio el señor marqués (evidentemente aún agitado por cuanto había ocurrido el día anterior en la Capilla privada) pretendía su inmediato desmantelamiento.

Al lado del Delegado de Policía había una señora, evidentemente también ella muy turbada, que en ese momento no entendí quién era.

Puestos en marcha el Delegado con la señora, decidí seguirlos con discreción. Y muy pronto descubrí lo siguiente.

Se trataba de la señora Elisabetta Mangiafico, casada con el contable Antonio Patò, Director de la filial local del Banco de Trinacria.

Acompañada la señora hasta dentro del portal de casa, el Delegado salió inmediatamente y se dirigió a toda prisa a la vivienda del contable Vitantonio Tortorici, Cajero jefe del mismo Banco. Allí se entretuvo bastante y luego salió con Tortorici, quien abrió el portal de la filial. Los dos penetraron en ella.

Permanecieron un buen rato, luego salieron y el Delegado se fue a la Delegación y Tortorici regresó a su casa.

Entonces tomé la iniciativa de hablar con el maestro de hacha, quien me refirió lo siguiente: el Delegado había realizado una minuciosa inspección del foso y de la escalera subyacente, sin hallar nada interesante y sin querer especificar, por otra parte, el objeto de su búsqueda.

Por eso he pensado lo siguiente.

Algo de extraño debe de haberle sucedido al contable Patò. ¿Algo que concierne personalmente a él o que tiene que ver con el hecho de que sea Director de la filial del Banco de Trinacria?

¿Lo dejamos todo en manos de la Policía?

Espero disposiciones.

El Mariscal de los Reales Carabineros
(Paolo Giummàro)

Paolo Giummàro

Puesto de los Reales Carabineros de Vigàta

Al señor Capitán
Arturo Carlo Bosisio
Comandancia de los Reales Carabineros
Montelusa

Vigàta, 22 de marzo de 1890

Objeto: Parte confidencial
Nº Reg. (No registrado)

Señor Capitán:

Completo mi informe confidencial enviado esta mañana comunicando lo siguiente.

En un santiamén se ha esparcido por toda Vigàta el rumor de que el contable Antonio Patò, desde ayer por la tarde, es decir, desde que se hundió en el foso, no ha reaparecido en la superficie ni como Judas ni como contable.

¡He aquí el motivo del agitado ir y venir del Delegado de Policía!

He notado que se han formado pequeñas aglomeraciones de vigatenses en la Plaza Grande delante del palco aún erecto y vigilado por un agente de policía.

Dada la jornada festiva y dado que mañana, domingo, será aún más festivo, al tratarse del Domingo de Pascua, preveo lo siguiente:

Enviar a algunos carabineros a la Plaza Grande con el fin de evitar discusiones y disputas.

A tal fin sería mejor que me mandaran de Montelusa a dos o tres carabineros de refuerzo.

Pero ¿verdaderamente debemos resignarnos a dejarlo todo en manos de la Policía?

Con mi mayor consideración

El Mariscal de los Reales Carabineros
(Paolo Giummàro)

Paolo Giummàro

Comandancia Provincial
de los Reales Carabineros
Montelusa

El Capitán Comandante

Al Mariscal
Paolo Giummàro
Puesto de los Reales Carabineros
Vigàta

Montelusa, 22 de marzo de 1890

¡Mariscal!

Me resulta del todo incomprensible su voluntad de complicarse a toda costa en una cuestión que no nos concierne cuando, según se evidencia, la señora Patò ha considerado oportuno dirigirse a la Policía antes que a nosotros.

¿Qué es esta manía de competición?

Usted ha llegado incluso a pisarle los talones (ésta es la expresión justa) a un honesto funcionario que está habilitado, como usted, para hacer respetar la Ley.

Su actitud es absolutamente censurable.

No obstante, la atenta vigilancia sobre todo cuanto pueda ocurrir en Vigàta es tarea suya.

Sólo desde este punto de vista usted puede seguir interesándose, pero con absoluta discreción, en la labor de la Delegación de Po-

licía, manteniéndome al tanto de los eventuales desarrollos.

El Capitán Comandante
(Arturo Carlo Bosisio)

REAL DELEGACIÓN
de POLICÍA
de VIGÀTA

Al señor Jefe de Policía de
Montelusa

Vigàta, 22 de marzo de 1890

Nº Reg. 211
Objeto: Indagaciones sobre desaparición

Prosiguiendo con las indagaciones sobre la desaparición del contable Antonio Patò y permaneciendo siempre a la espera, por parte de quien corresponda, de la autorización para la apertura en mi presencia, con la relativa inspección, de la caja fuerte de la filial vigatense del Banco de Trinacria, he convocado en la Delegación al señor Alessandro Santoro, Comandante de la Guardia municipal de este pueblo, responsable de los más de cien comparsas participantes en la *Muerte*. Él mismo suele subir, oportunamente disfrazado, al escenario para dirigir mejor los movimientos de los comparsas.

Santoro, después de haberme comunicado que no tenía la lista de nombres de los participantes, pues había sido personalmente redactada por el Arcipreste padre Spiridione Randazzo, manifestó que no había notado nada de particular ni antes ni después del hundimiento de Judas en el foso, o sea, del contable Patò. Habiéndome desplazado a la Catedral, el padre Randazzo me atendió a toda prisa, dados sus innumerables compromisos, proporcionándome, sin embargo, la lista detallada de todos los participantes en la *Muerte* y la disposición para los agradecimientos, o sea, en qué orden las actrices, los actores y los comparsas debían colocarse en el escenario, en fila y de cara al público, durante los aplausos rituales.

De este esquema se deduce que el contable Patò, en el momento de los agradecimientos, debió de situarse entre el señor Lagùmina, que hacía de Caifás, y el contable Lo Forte, que hacía de Pilatos.

Fui a casa de Lagùmina, pero no lo hallé, pues se había marchado a una finca de su propiedad en los alrededores, según me declaró su esposa.

El contable Lo Forte, convocado, compareció sin demora en la Delegación y afirmó que el contable Patò, al término del espectáculo, no se había presentado a recibir los aplausos, pues no había aparecido entre Lagùmina y el mismo Lo Forte como, en cambio, habría debido hacer y como siempre había hecho en el curso de los ensayos precedentes. Lo Forte se había preocupado por esta ausencia, sobre todo porque Lagùmina, mientras arreciaban los aplausos, le había murmurado: *Ma unni sinni ì Patò?* (Pero ¿dónde se ha metido Patò?)

Miraron en la fila de los actores por si se había equivocado de sitio, pero no lo vieron.

Así que a Lo Forte le había entrado la duda de que su amigo, después de la caída a través del escotillón, se había hecho daño, quizá un dislocamiento que le impedía caminar o hacer algún movimiento.

Por consiguiente, terminados los aplausos, aún con el traje de Pilatos, se introdujo a gatas en el foso, donde no halló rastro alguno de Patò, por más que lo hubiera llamado a grandes voces.

Constatado esto, se dirigió entonces al almacén destinado a camerino de los señores actores. En el espacio que había sido reservado al contable Patò, para que pudiera cambiarse de ropa, vistiéndose y quitándose el traje, no sólo no encontró a su amigo, sino tampoco su ropa de paisano, zapatos, etc.

También faltaba el traje que, como estaba convenido, habría debido dejar en su sitio.

Persuadido de que el contable, por razones del todo personales, había decidido no participar en los agradecimientos y regresar a su casa, se resignó. Asimismo pensó que el contable se había llevado el traje a casa quizá porque, durante la caída, se había producido algún rasgón y tenía la intención de hacerlo coser.

También Lagùmina coincidió en esta posible explicación del hecho.

Ahora bien, puesto que entre el hundimiento de Judas y el fin del espectáculo pasan unos veinte minutos, a los cuales hay que añadir los largos y prolongados aplausos, incluso herido, el contable Patò habría tenido numerosas ocasiones para llamar la atención y conseguir ayuda. Cosa que, sin embargo, no ocurrió.

La conclusión es, por consiguiente, que

Patò desapareció, o fue hecho desaparecer, en el lapso de tiempo que va de la caída en el foso a la presentación de los actores para recibir los aplausos.

Como máximo veinticinco minutos.

Mañana por la mañana temprano, a pesar de que sea Domingo de Pascua, convocaré en la Delegación, en pequeños grupos, a todos los comparsas que participaron en la *Muerte*.

El Delegado de Policía
(Ernesto Bellavia)

L'ARALDO di MONTELUSA

Gerente: Pasquale Mangiaforte — ***Domingo, 23 de marzo de 1890***

¿El contable Patò ha desaparecido?

En Vigàta se ha corrido la voz, no confirmada ni desmentida por las Autoridades locales, de que el contable Antonio Patò, desde el viernes por la tarde, después de haber hecho una memorable interpretación del papel de Judas en la *Muerte*, no regresó a casa.

Su cuñado, el Capitán del Real Ejército Arnoldo Mangiafico, destinado en Caltanissetta, pero prontamente acudido a Vigàta para participar en las investigaciones, nos ha amablemente declarado que está convencido de que su cuñado, al caer en el foso a través de un escotillón, como exige el papel, se golpeó la cabeza sufriendo una momentánea pérdida de memoria y que ahora se ve obligado a vagar sin encontrar el camino de regreso.

A la familia del contable Antonio Patò, en este día de Pascua que debería significar serenidad para todos, le hacemos llegar nuestros votos de una rápida y feliz solución del caso.

(«¿Patò ha muerto o se ha escondido?»: pintada aparecida en Vigàta en la mañana del 23 de marzo de 1890, Domingo de Pascua.)

REAL DELEGACIÓN de POLICÍA de VIGÀTA

Al señor Jefe de Policía de Montelusa

Vigàta, 23 de marzo de 1890

Nº Reg. 212
Objeto: Indagaciones sobre desaparición

Esta mañana, cuando acababan de dar las siete, fui llamado a la casa de los Patò, donde la señora Elisabetta Mangiafico de Patò me entregó la denuncia formal de la desaparición de su marido.

«A fin de que —añadió—, convencida como estoy de que mi marido ha sufrido una momentánea pérdida de memoria, las investigaciones puedan desarrollarse con mayor amplitud.»

Evidentemente se había puesto de acuerdo y entendido con su hermano, el Capitán Arnaldo: en efecto, éste ha declarado al periódico *L'Araldo di Montelusa* que la desaparición de su cuñado debe adscribirse, a su parecer, a una amnesia debida a una herida causada por la caída en el foso a través del escotillón.

A las 8 horas, de vuelta en la Delegación, comencé el interrogatorio de aquellos que participaron como comparsas en la representación de la *Muerte* para saber si habían tenido ocasión de notar algo extraño en el curso del espectáculo.

Y aquí ocurrió un caso al menos curioso que me permito señalar aunque no tenga ninguna relación con la desaparición del contable Patò.

El primero de la lista se llamaba Giovanni Abbate, de 25 años, campesino, sin antecedentes penales, quien, desde el mismo momento de dar sus señas personales, manifestaba signos evidentes de turbación y nerviosismo, de modo que el Brigadier Mandracchia, que redactaba el acta, y yo intercambiamos una mirada de complicidad.

Una vez sentado, le planteé la primera pregunta:

—¿Qué hiciste durante la *Muerte*? Si hablas y nos lo dices todo, es probable que no te pase nada.

Ante mis palabras, Abbate se arrodilló y, golpeándose con gran ímpetu el pecho con el puño cerrado, exclamó a grandes voces, entre sollozos:

—I' fu! I' fu! A testa persi! I' fu! Mannatimi a lu carzaru, sbinturatu ca sugnu!

(¡Fui yo! ¡Fui yo! ¡Perdí la cabeza! ¡Fui yo! ¡Mandadme a la cárcel, soy un desgraciado!)

El Brigadier Mandracchia se puso de pie con un salto e inmovilizó al individuo.

Ante mi pregunta:

—¿Por qué lo hiciste?

Abbate respondió exactamente como exactamente refiero, excusándome por la crudeza de las palabras:

—Nun ci la fici a tinirimi davanti a un culu comu a chiddru!

(No pude contenerme ante un culo como aquél.)

—U culu di cu? (¿El culo de quién?) —preguntó con voz alterada el Brigadier Mandrac-

chia, asustado, como yo, de encontrarse ante el homicidio del contable Patò como consecuencia del desencadenamiento de los más bajos y bestiales instintos.

—*U culu di Margherita* (la traducción es innecesaria) —respondió, siempre entre actos de contrición, Giovanni Abbate.

En breve, parece que durante la representación de la *Muerte*, Abbate y la tal Margherita Fantauzzo se alejaron del escenario, se metieron por la escalinata que conduce del patio al interior del palacio Curtò di Baucina y subieron hasta la primera planta, recogiéndose por último en la Capilla particular. Aquí, mientras se encontraban copulando, fueron sorprendidos por una anciana (casi con seguridad la princesa Imelda Sanjust degli Orticelli), quien, ante aquella indudablemente sacrílega visión, se desvaneció. De esto se aprovecharon Abbate y Fantauzzo que, tras arreglarse rápidamente la ropa, volvieron a meterse entre los comparsas.

Este episodio explica ampliamente el comportamiento del marqués Simone Curtò di Baucina cuando ordené que el maestro de hacha interrumpiera el desmantelamiento del palco.

¿Abbate y Fantauzzo deben ser perseguidos por la ley?

Agradeceré una aclaración,

El Delegado de Policía
(Ernesto Bellavia)

Banco de Trinacria

Dirección Provincial de Montelusa

El Director

Al señor
Vitantonio Tortorici
Cajero jefe
Banco de Trinacria
Vigàta

Montelusa, 23 de marzo de 1890

El portador de la presente, Comendador Marcello Cannarella, Inspector General de nuestro Banco, persona bien conocida por usted, ha recibido el encargo de la Dirección General de Palermo de inspeccionar la Filial de Vigàta para el hallazgo de eventuales anomalías posteriores a la desaparición del Director, contable Antonio Patò.

En consecuencia, usted tendrá a bien ponerse a la total e incondicional disposición del antes mencionado Inspector General Cannarella.

Saludos.

El Director Provincial p.o.
(Costantino Grifeo)

Puesto de los Reales Carabineros de Vigàta

Al señor Capitán
Arturo Carlo Bosisio
Comandancia de los Reales Carabineros
Montelusa

Vigàta, 23 de marzo de 1890

Objeto:
Nº Reg. (No registrado)

Señor Capitán:

Hago presente cuanto sigue.

Hoy, Domingo de Pascua, al final de la Santa Misa de mediodía, la multitud de los fieles, en vez de dispersarse por el paseo o dirigirse al Caffè Amendola para comprar helados y rollitos de requesón, permaneció en los alrededores del palco. Poco a poco se unieron a ella numerosos curiosos.

Naturalmente el objeto de las animadas conversaciones era la desaparición del contable Patò y el lugar donde ésta se había producido.

De repente, el balcón central del palacio Curtò di Baucina se abrió de par en par con grandísimo estruendo (había estado atrancado desde la proclamación del Reino de Italia) y apareció en él la princesa Imelda Sanjust degli Orticelli, de soltera Piovasco di Rondò, la cual, con voz vigorosa a pesar de su avanzada edad, empezó a arengar a la multitud diciendo más o menos lo siguiente:

«¡Vigatenses! ¡Habéis cometido un grave sacrilegio y Dios os lo hará pagar! ¡Con el fuego del infierno expiaréis vuestro pecado! ¡Tendréis el mismo fin que Sodoma y Gomorra!».

Y así, los ciudadanos de Vigàta, entre improperios y maldiciones de todo tipo, pasado un primer momento de desconcierto, reaccionaron rápidamente abucheando a la princesa, con mayor o menor respeto. También hay que añadir que algunos jovenzuelos no identificados aprovecharon la ocasión para dirigir a la princesa ultrajantes risotadas.

La aparición del señor marqués Simone, quien, con la ayuda de la servidumbre, hizo entrar a su señora madre, devolvió la calma, sobre todo porque el señor marqués se excusó con la ciudadanía y cerró el balcón.

Vista la situación, decidí lo siguiente.

Dirigirme sin demora a la Real Delegación de Policía, que se encontraba abarrotada de personas que habían tomado parte en la Muerte como comparsas y allí encontré al Delegado Ernesto Bellavia, quien se mostró bastante irritado por mi presencia en su comisaría.

A éste le expresé, con comedidas y educadas palabras, la necesidad de que el palco fuera retirado lo antes posible de la plaza para evitar molestias a la ciudadanía, refiriéndole el incidente recién ocurrido entre la señora princesa y la población.

Incidente del que, riéndose, dijo textualmente que «se la traía floja» porque necesitaba el palco para nuevas comprobaciones.

Yo le hice notar, siempre con urbanidad, que era inútil cualquier reconocimiento del palco porque desde hacía días cualquiera podía haber accedido libremente a él tanto de día como de noche, incluso para hacer sus necesidades. Ante lo cual Bellavia me dio la espalda y se alejó afirmando que tenía mucho que hacer y que no tenía la intención de perder más tiempo.

Para su conocimiento.

El Mariscal de los Reales Carabineros
(Paolo Giummàro)

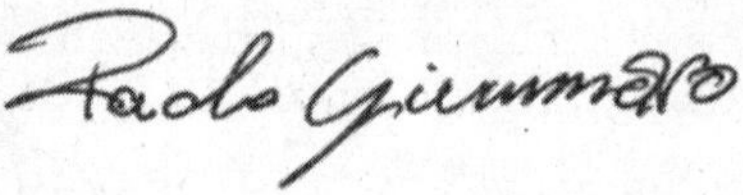

¿LO HABÉIS VISTO?

Contable Antonio Patò

SE GRATIFICARÁ

A quien proporcione noticias a la señora Elisabetta Patò,

Via C. Colombo, 22 - Vigàta

La señora Elisabetta Patò ruega sobre todo a quienes con ocasión del lunes de Pascua vayan de excursión por los campos de los alrededores que estén atentos

Se agradece a la **Imprenta Mulone & Hijos**
además de al fijador de carteles municipal Aricò
el trabajo realizado a pesar de la Fiesta

REAL DELEGACIÓN de POLICÍA de VIGÀTA

Al señor Jefe de Policía de
Montelusa

Vigàta, 23 de marzo de 1890

Nº Reg. 213
Objeto: Indagaciones sobre desaparición

Del interrogatorio desarrollado en la jornada de hoy, domingo 23 de marzo, de todos aquellos, varones y mujeres, que en calidad de comparsas han tomado parte en la *Muerte*, no ha aflorado nada que pudiera de algún modo aclarar la desaparición del contable Antonio Patò.

Sobre el episodio de fornicación ocurrido entre Giovanni Abbate y Margherita Fantauzo espero recomendaciones para proceder de acuerdo con la ley. Aunque comprendo que la cosa puede presentar dificultades, dado que los dos son mayores de edad, eran recíprocamente consintientes, no robaron nada de la casa de los Curtò, la princesa se hirió al caerse por el desvanecimiento y no se puede sostener que cometieran actos obscenos en un lugar público. ¿Y entonces? Lo único sería informar al padre Spiridione Randazzo porque, sin duda, ha habido sacrilegio.

Dejo constancia de que se ha presentado en

la Delegación el Mariscal de los Reales Carabineros Paolo Giummàro, quien, con ademán altivo y descortés, me ordenó que hiciera desmontar en seguida el palco que había servido para la representación, afirmando que obstaculizaba la entrada de las carrozas en el portal del palacio Curtò y que el marqués se había quejado mucho de él.

El comportamiento de servil aquiescencia del Mariscal respecto del marqués Curtò me irritó enormemente, pero, sin dejarlo traslucir, urbanamente respondí que el palco aún me era indispensable para la prosecución de las indagaciones. Ante lo cual el Mariscal empezó a reírse groseramente y se alejó sin saludar a nadie.

Dejo asimismo constancia de que, habiendo entrevisto el portal de la filial del Banco de Trinacria medio abierto, entré y hallé al Cajero jefe, contable Vitantonio Tortorici, quien me informó de que en el despacho del Director se encontraba el Inspector General del Banco para las oportunas comprobaciones.

Habiendo el que suscribe preguntado a Tortorici si podía asistir a las operaciones de comprobación y control, él, encogiéndose de hombros, me invitó a hablar con el Inspector General. Este último se negó firmemente a mis reiteradas solicitudes afirmando que para eso debía presentarle la debida autorización redactada por el Real Tribunal de Montelusa.

Para su conocimiento.

El Delegado de Policía
(Ernesto Bellavia)

Comandancia Provincial de los Reales Carabineros Montelusa

El Capitán Comandante

Al Mariscal
Paolo Giummàro
Puesto de los Reales Carabineros
Vigàta

Montelusa, 24 de marzo de 1890

Señor Mariscal:

Me place informarle que a primeras horas de la mañana compareció en esta Comandancia el Capitán del Real Ejército Arnaldo Mangiafico, quien presentó una denuncia por la desaparición de su cuñado, el contable Antonio Patò.

Habiéndole expuesto que su hermana y consorte de Patò, muy probablemente, había presentado la misma denuncia ante la Delegación de Policía de Vigàta, competente por razones de territorio, respondió que, como militar, tenía más confianza en militares como los Reales Carabineros.

Por tanto, también usted, desde el día de hoy, podrá indagar sobre la desaparición.

El Capitán Comandante
(Arturo Carlo Bosisio)

Arturo Carlo Bosisio

REAL DELEGACIÓN
de POLICÍA
de VIGÀTA

Al señor Jefe de Policía de
Montelusa

Vigàta, 24 de marzo de 1890

Nº Reg. 214
Objeto: Indagaciones sobre desaparición

A pesar de que hoy es lunes de Pascua, esta mañana temprano di la orden al maestro de hacha para que empezara el desmontaje del escenario, dado que las numerosas inspecciones efectuadas sobre el terreno con el auxilio solícito de mis hombres no han surtido ningún resultado.

Después, al atardecer, yo mismo y otros guardias de la Delegación, nos distribuimos oportunamente en los caminos que conducen del campo a la ciudad. Tras esperar el regreso de los excursionistas, los interrogamos sobre si por casualidad se habían tropezado con el errante contable Patò.

No obtuvimos más que respuestas negativas.

Naturalmente ha sido imposible interrogar a todos los que habían salido de pícnic (ha sido una jornada muy soleada), pero estamos seguros de que, tanto por la conmoción que la desaparición ha suscitado entre los vigatenses, como por la entidad de las riquezas de la señora Mangiafico de Patò, que promete una generosa gratificación a quien dé noticias de su marido, si alguien hubiera vislumbrado al contable errante a esta hora, ya habría dado noticias de ello.

Para su conocimiento.

El Delegado de Policía
(Ernesto Bellavia)

Real Jefatura de Policía de Montelusa

El Jefe de Policía

Al Comandante de los Reales Carabineros
Capitán Carlo Arturo Bosisio
Ciudad

Montelusa, 25 de marzo de 1890

Señor Capitán:

Paso a informarle de un curioso acontecimiento que temo que pueda resultar desagradable y precursor de trastornos desde luego innecesarios.

Esta mañana se presentó ante mí mi subalterno, el Delegado de Vigàta, con una justificada queja.

Es decir, me advirtió que ayer por la tarde el Mariscal de los Reales Carabineros del puesto de Vigàta se había dirigido a la Delegación sosteniendo que también él había sido encargado de las pesquisas sobre la desaparición del contable Patò y pretendía ver todas las actas redactadas hasta ahora. Y, como prueba de ello, exhibía una autorización firmada por usted.

Quisiera recordarle, si por casualidad se le ha olvidado, que es una práctica aceptada que lleve una indagación sólo el primero que reciba la denuncia de algo que pueda interesar a la Ley y a la Defensa de los ciudadanos.

Comparando las fechas, claramente se deduce que la primera denuncia de desaparición fue expuesta a mi Delegado por la consorte del desaparecido, mientras que la de su cuñado el Capitán es posterior. Es manifiesto, en semejante situación, que usted no podía avalar a su Mariscal, tanto más que mi Delegado es un investigador extremadamente meticuloso al que no puede imputársele ni la más mínima tacha. Ahora bien, si usted estimara que el Delegado y el Mariscal deben igualmente desarrollar sus indagaciones en colaboración, consideraría esta opinión sumamente errada: a causa de la naturaleza competitiva de los hombres, los resultados no llegarían nunca a coincidir, sino a colisionar.

El Jefe de Policía de Montelusa
(Liborio Bonafede)

Comandancia Provincial
de los Reales Carabineros
Montelusa

El Capitán Comandante

Al señor Jefe de Policía
Liborio Bonafede
Ciudad

Vigàta, 25 de marzo de 1890

¡Señor!

Respondo en seguida para rebatir su carta que me pareció muy ofensiva. Encuentro ultrajante su ultraje.

Usted no puede en absoluto permitirse recordarme cuál es la práctica aceptada. Y si he estimado conveniente no seguir dicha práctica, esto querrá decir que he tenido mis buenas razones.

En cuanto a su personal opinión filosófica, es decir, que una posible colaboración entre la Benemérita y la Policía deba inevitablemente resolverse en una colisión dada la particularidad de la naturaleza humana, le notifico firmemente que dicha naturaleza no pertenece a los Militares del Arma, quienes, no sólo se crecen ante las dificultades, sino que en todo momento y en todo lugar saben cuál es la vía maes-

tra del Honor, la Lealtad y el Sacrificio.

No lo saludo, señor.

Sólo le digo que quedo a su disposición.

El Capitán Comandante
de los Reales Carabineros
(Arturo Carlo Bosisio)

Real Ministerio del Interior

El Subsecretario de Estado

A Su Excelencia
Gran Oficial Francesco Tirirò
Prefecto de
Montelusa

¡URGENTE!

Roma, 25 de marzo de 1890

Excelencia esclarecidísima:

Humildemente le imploro, abandonada cualquier ínfula, que procure mitigar la ansiedad de un viejo como yo, por la imprevista e imprevisible desaparición de mi queridísimo, entre todos el más allegado, sobrino Antonio Patò.

Anteayer recibí la terrible noticia como un aerolito caído del cielo y me quedé de piedra, atónito.

Estoy aquí, Excelencia esclarecidísima, para suplicarle que se afane para que la bruma que parece envolver a mi predilecto se disuelva rápidamente dispersando las ansiedades, los miedos y los temblores de aquellos, entre los que me cuento, que lo aman y estiman.

Bien sé que su camino es empinado, pero le ruego que ponga en marcha todos los medios a su alcance para que las pesquisas se muevan bajo el doble signo de la prontitud y de la cautela.

Usted sabe que en nuestros pueblos hay individuos astutos e inescrupulosos, politicastros sólo impulsados por un insensato afán de poder, por el cual están dispuestos a sacrificarlo todo sin respeto por nadie, que como negros cuervos están preparados para lacerar las carnes y alimentarse del dolor ajeno, sea por pura maldad de ánimo sea para extraer un beneficio político.

Le suplico, por consiguiente, que llegue a un resultado incontestable, que no dé pábulo a sanies como maledicencias, habladurías y temerarias suposiciones.

Estoy, Excelencia, en Sus manos.

El Subsecretario de Estado
(Senador Gran Oficial Artidoro Pecoraro)

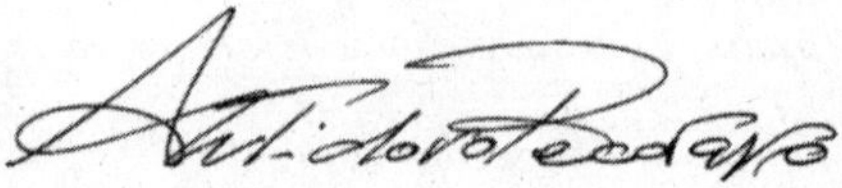

Post scriptum:

La otra noche, con Su Excelencia el señor Ministro, hemos tenido ocasión de hablar muy bien de usted. Ad majora!

La Gazzetta dell'Isola

Director: Gesualdo Barreca *Palermo, 25 de marzo de 1890*

Ecos de la desaparición del contable Patò

Ya hemos dado noticia de la misteriosa desaparición del contable Antonio que, en la Muerte *representada en Vigàta el pasado Viernes Santo, interpretaba el papel de Judas Iscariote, el cual, apenas terminada la última invocación al Cielo para que la tierra se lo tragara, desaparecía por un escotillón expresamente dispuesto y no volvía a aparecer.*

Como es natural, inmediatamente ha habido un entrelazamiento de voces, habladurías y suposiciones, no todas preocupadas o benévolas.

Pero ahora existe la convicción casi general de que el pobre contable Patò, por razones que escapan a los investigadores (que, al menos hasta este momento, ciertamente no se han lucido), ha sido asesinado.

Un lector nos envía esta hoja que un juglar ambulante distribuía ayer, previo pago, a los transeúntes de Montelusa:

Ascutati stu fattu capitatu
Mentr'era lu Martoriu ricitatu
Ni la chiazza cchiù granni di Vigàta.
Davanti a 'na gran fuddra stirminata

Staba Gisù 'nchiuvatu nni la Cruci
E Giuda, 'u tradituri, facìa vuci
Di sprufunnari 'n funnu di lu 'imfernu
E di patìri nni lu focu eternu.

La terra a li so' pedi si raprì
E Giuda tuttu 'nzemmula spirì.

Bravu l'atturi ca Giuda impirsonò
E a gran vuci la genti lu chiamò.

Ma l'atturi (di nomu fa Patò)
Supra lu parcu nun si prisintò.
Chiama ca chiama, cerca ca ti cerca,
Mìsiru suttasupra Arca e Amerca,

Di chistu tali, Antoniu Patò,
Mancu l'ùmmira cchiù si truvò.
«Fu Diu sdignatu ca lu vosi puniri»,
Ci fu quarcunu ca si misi a diri.

«L'omu nun è acqua ca sbapùra»,
Ci fici 'n'antru, «si si cerca ancura,
La crozza armenu s'havi a truvari
Macari dintra a 'n puzzu d'acqui amari».

Damos la traducción.

Escuchad este hecho ocurrido mientras se representaba la Muerte *en la plaza más grande de Vigàta delante de una inmensa multitud. Estaba Jesús clavado en la Cruz y Judas, el traidor, gritaba que quería hundirse en el fondo del infierno y padecer en el fuego eterno. La tierra a sus pies se abrió y Judas de inmediato desapareció. Magnífico el actor que personificó a Judas y la gente a grandes voces lo aclamó. Pero el actor, de nombre Patò, en el escenario no se presentó. Llama que te llama, busca que te busca, lo pusieron todo patas arriba, pero del tal Antonio Patò ni la sombra se encontró. «Fue el desdén de Dios que quiso castigarlo», sostuvo uno. «El hombre no es agua que se evapora», dijo otro. «Si se sigue buscando, al menos se acabará encontrando el cráneo dentro de un pozo de aguas amargas.»*

Como muestra añadida de la curiosidad y el interés que esta desaparición ha despertado no sólo entre las laboriosas poblaciones locales, otro lector nos ha enviado la transcripción de esta pintada anónima aparecida en una pared de Vigàta.

En estos toscos e ingenuos versos está la pregunta que se hace toda la población de Vi-

Giuda murì
Patò spirì
Spirì Patò
Cu l'ammazzò?
Quantu patì?
E po': pirchì
Patò spirò?[1]

gàta. Y no puede hacer otra cosa, dado que parece que una discrepancia surgida entre el Arma de los Reales Carabineros y la Policía ha paralizado del todo las indagaciones que ya avanzaban al ralentí.

1. «Judas murió / Patò desapareció / Desapareció Patò / ¿Quién lo mató? / ¿Cuánto padeció? / Y luego: ¿por qué / desapareció Patò?» *(N. del T.)*

REAL PREFECTURA DE MONTELUSA

EL PREFECTO

Al señor
Jefe de Policía
Montelusa

Al Capitán
Comandante de los Reales
Carabineros
Montelusa

Confidencial

Montelusa, 26 de marzo de 1890

Señor Jefe de Policía, señor Capitán:

Tengo el placer de enviarles copia de una carta confidencial para comunicarles que he recibido, con fecha de hoy, una misiva de S.E. el Subsecretario del Ministerio del Interior, Senador Gran Oficial Artidoro Pecoraro, quien, expresándome su más que justificada ansiedad por la desaparición de su dilecto sobrino el contable Antonio Patò, me exhorta a una investigación que debe hacerse, son palabras de Su Excelencia, «bajo el doble signo de la prontitud y de la cautela».

Dado que me han llegado rumores, que espero que sigan siendo sólo tales, sobre una discrepancia surgida entre ustedes, los invito a aplacar cualquier desavenencia con el fin de llegar a una pronta solución de la misteriosa desaparición.

No puedo más que desear concordia y armonía, diligente colaboración y fraternidad de ánimo, todas cosas que son prenda de fecundos resultados.

En todo caso, siento la urgencia de advertirles que, si por desgracia la indagación terminara en nada, sin duda no seré yo quien pague el pato por orden y voluntad de S.E. Pecoraro.

Mis mejores deseos de un provechoso y prudente trabajo.

Tengan la cortesía de mantenerme constantemente informado.

El Prefecto de Montelusa
(Francesco Tirirò)

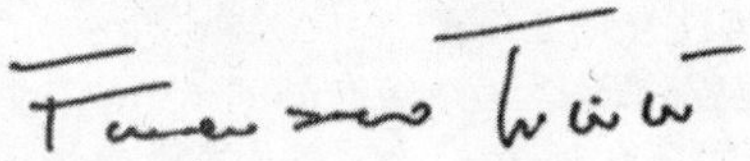

Comandancia
Provincial
de los Reales
Carabineros
Montelusa

¡URGENTE!!
DESPACHO EN MANO

Al Mariscal
Paolo Giummàro

Mañana por la mañana a las 8 en punto póngase en contacto con esta Comandancia para comunicaciones apremiantes.

Por el
Capitán
Comandante
Ten. Loffredo

Loffredo

REAL
JEFATURA DE
POLICÍA
DE MONTELUSA

¡URGENTÍSIMO!
DESPACHO EN MANO

Al Delegado de Policía
Vigàta

Lo espero sin falta mañana por la mañana a las 10 para comunicaciones apremiantes que le afectan.

Por el Jefe de Policía
de Montelusa

Antonio Camarro

2

INDAGACIONES E HIPÓTESIS

Puesto de los Reales Carabineros de Vigàta

Al Capitán
Comandante de los Reales
Carabineros
Montelusa

Al señor
Jefe de Policía
Montelusa

Vigàta, 27 de marzo de 1890

Objeto: Indagaciones sobre desaparición
Nº Reg. 321

Deseamos comunicarles de inmediato lo siguiente.

Esta mañana, cuando aún no eran las ocho, se presentó en la Delegación de Policía de Vigàta el Inspector General del Banco de Trinacria, Comendador Marcello Cannarella, quien nos entregó una carta anónima hallada en el segundo cajón a la izquierda del escritorio del despacho del Director de la filial, contable Antonio Patò.

Ante nuestra pregunta de si la carta anónima estaba escondida o a la vista, respondió lo siguiente:

—A la vista.

Ante nuestra pregunta de si había algún membrete o dirección, respondió lo siguiente.

—Ningún membrete ni dirección.

Ante nuestra pregunta de si había buscado el sobre que contenía la carta anónima, respondió lo siguiente:

—Lo busqué, pero no lo encontré.

Ante nuestra pregunta de si había encontrado en orden las cuentas de la filial o si faltaba alguna suma de dinero, respondió lo siguiente:

—En perfecto orden, no falta ninguna suma.

La carta anónima, aunque carece de señas, sin duda fue enviada a Patò, dado que pone, escrito con letras recortadas de un periódico y mal pegadas, lo siguiente:

TÚ QUE HACES EL PAPEL DE JUDAS ERES PEOR QUE ÉL

De donde se deduce que, al ser Patò el que hace el papel de Judas en la Muerte, *el anónimo sólo puede estar dirigido a él.*

Dicho anónimo, como hemos notado, presenta los característicos pliegues para hacerlo entrar en un sobre, pero esto no significa que la carta haya sido remitida por medio del servicio postal.

Opinamos que dicho anónimo fue recibido por el contable no en su vivienda sino en la filial del Banco, donde quiso conservarlo en contra de lo que es habitual. En efecto, el carácter desagradable del anónimo impulsa a quien lo recibe a destruirlo inmediatamente después de su lectura.

¿Por qué entonces Patò lo guardó cuidadosamente?

Después de una ponderada discusión, hemos llegado a lo siguiente:

—Patò no tuvo tiempo de destruirlo, puesto

que estaba ocupado con los ensayos y para hacerlo habría debido esperar a que el despacho estuviera vacío. De lo que también se deduciría que el anónimo le llegó recientemente.

—Patò quería enseñárselo a alguien.

Se advierte al fin que el anónimo de por sí no es una amenaza de muerte, sólo dice que Patò es tan Judas como el papel que encarna.

Para su conocimiento.

El Mariscal de los
Reales Carabineros
(Paolo Giummàro)

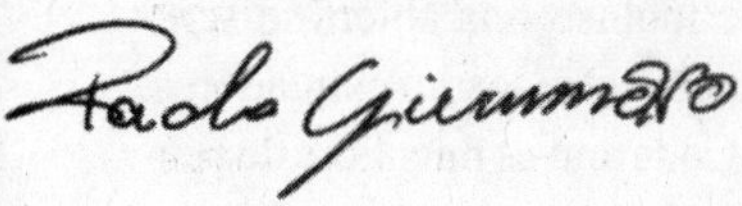

El Delegado
de Policía
(Ernesto Bellavia)

L'ARALDO di MONTELUSA

Gerente: Pasquale Mangiaforte — *Jueves, 27 de marzo de 1890*

Un ignoble escrito

Un hondo e insoportable disgusto nos atenazó anteayer al leer en un diario palermitano, que se hace pasar por periódico de información mientras que en realidad es un diario de equívocas intenciones, un ignoble escrito relativo a la desaparición del contable Antonio Patò ocurrida, como todos saben, durante la función de la *Muerte* en Vigàta.

El así llamado periódico no es nuevo en estas viles empresas, pero ahora nos parece que se ha pasado demasiado de la raya.

El anónimo (¡no podía ser de otro modo!) articulista sostiene, con el apoyo de una miserable poesía atribuida a un fantasmagórico juglar y de una anónima (*similis cum similibus!*) pintada mural, que los vigatenses están convencidos de que el contable Patò fue asesinado, haciendo desaparecer su cuerpo.

¡Esto es falso!

Los vigatenses nunca han perdido la esperanza de que el contable, estimado por toda la población, sea encontrado sano y salvo gracias a la labor infatigable de los Carabineros y la Policía, que se mueven en armoniosa concordia, a pesar de que el anónimo articulista insinúe incluso una abierta discrepancia entre los investigadores.

Cada uno es muy libre de pensar como quiera, pero si nosotros no vacilamos en definir ese escrito como ignoble es por el tono de sarcasmo y de desprecio que se emplea en él.

Esto es intolerable porque todos conocemos la inmaculada honestidad, el pío sentimiento y la íntegra conducta del contable, sea como hombre sea como Director de la filial vigatense del Banço de Trinacria.

¿Cuándo aparecerá en ese infame diario la fantasiosa noticia de que el contable Patò se escapó con la caja del Banco?

Mañana, viernes, hará una semana desde la desaparición

del contable. Nosotros formulamos nuestros fervorosos deseos de que todo se resuelva de la mejor manera posible para la familia y para el Senador Gran Oficial Artidoro Pecoraro, Subsecretario del Ministerio del Interior, de quien Patò es su amadísimo sobrino. (G.P.)

Real Jefatura de Policía de Montelusa

El Jefe de Policía

Al Delegado de Policía
Ernesto Bellavia
Delegación de
Vigàta

¡Urgente! ¡Confidencial!
N O R E G I S T R A R

Montelusa, 27 de marzo de 1890

Ayer, por pura casualidad, cayó en mis manos su solicitud de autorización para un requerimiento contra un tal Gerlando Ciaramiddaro, al que usted no ha vacilado en calificar de persona «violenta y prepotente».

¿Y qué? Si debiéramos requerir a todas las personas violentas y prepotentes que se encuentran sólo en esta Provincia, tendríamos que pedir al Ministerio al menos el doble del papel que semestralmente nos envía.

Olvídese. Pero al primer verdadero desliz métalo en chirona.

Gente como Ciaramiddaro no merece la cortesía de un preaviso como, en cierto sentido, puede considerarse un requerimiento.

Pero es de otra cosa que deseo hablarle.

Por su solicitud de autorización del 20 del corriente mes, he sabido con gran asombro que

Ciaramiddaro, precisamente el día anterior a la desaparición del contable Patò, había discutido tan violentamente con él que había sido necesario solicitar su intervención.

Usted añade que Ciaramiddaro profirió continuas amanazas de muerte contra el Director, culpable sólo de exigirle la devolución de un préstamo concedido por la filial de Vigàta del Banco de Trinacria.

No entiendo entonces su negligencia y le pregunto: ¿por qué Ciaramiddaro no ha sido interrogado formalmente por la desaparición de Patò?

Mire que no se trata de una indagación cualquiera: todos nosotros, usted incluido, sabemos de qué parentescos disfruta el desaparecido.

Además le pregunto en confianza: ¿y si se enterara de todo esto el Mariscal de los Reales Carabineros que colabora con usted y notificara su inexplicable descuido a su superior, hombre notoriamente dotado de anteojeras como el caballo que monta, se figura qué papelón haríamos?

Vuelvo a repetirle: la desaparición de Patò no es un asunto que se pueda tomar a la ligera.

Permítame un consejo: ¿por qué no arresta sin más dilación a Ciaramiddaro?

Al menos, ante el senador Pecoraro habríamos marcado un punto a nuestro favor.

El Jefe de Policía
(Liborio Bonafede)

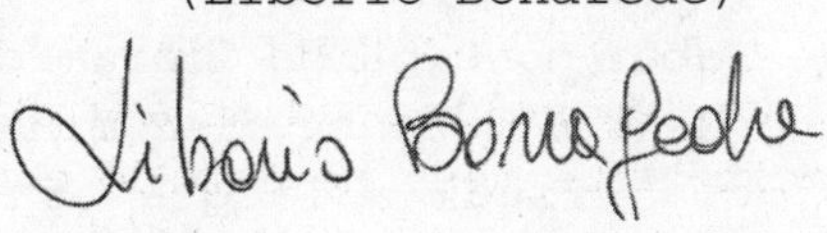

REAL DELEGACIÓN de POLICÍA de VIGÀTA

Al señor
Jefe de Policía
Montelusa

Al Capitán
Comandante de los Reales
Carabineros
Montelusa

Vigàta, 27 de marzo de 1890

Nº Reg. 215
Objeto: Indagaciones sobre desaparición

Adjuntamos el acta del interrogatorio de Gerlando Ciaramiddaro, realizado a las seis de la tarde de hoy en la Delegación.

También adjuntamos un billete de convocatoria enviado a Ciaramiddaro por parte del contable Patò en su calidad de Director de la filial del Banco de Trinacria.

Remitimos asimismo nuestras consideraciones sobre dicho interrogatorio.

Resolvimos convocar a Ciaramiddaro en base a lo siguiente:

- Ciaramiddaro había proferido amenazas de muerte contra Patò por cuestiones bancarias.
- El descubrimiento de la carta anónima que indicaba claramente a Ciaramiddaro como autor de la misma.
- Haber conseguido Ciaramiddaro escapar, aunque sea durante diez minutos, a la vigilancia visual a la que era mantenido por el

guardia Giuseppe Ferruzza, encargado de esta misión, en el curso de la representación de la *Muerte*.

Con nuestra mayor consideración.

El Mariscal de los
Reales Carabineros
(Paolo Giummàro)

El Delegado
de Policía
(Ernesto Bellavia)

Se adjuntan tres anexos.

Anexo 1

Acta del interrogatorio
de GERLANDO CIARAMIDDARO

Interpelado responde

¿TÚ ERES GERLANDO CIARAMIDDARO, HIJO DE ANGELO Y DE CONCETTA SCATASCIA, NACIDO EN VIGÀTA EL 3 DE JULIO DE 1850 Y RESIDENTE EN VICOLO DEI MALTESI?

Claro que lo soy.

¿CUÁLES SON TUS RELACIONES CON EL CONTABLE PATÒ?

¿Relaciones? ¿Qué relaciones?

¿NIEGAS TENER RELACIONES CON EL CONTABLE?

Sí señor, lo niego. Son inventos.

PERO ¿CÓMO? ¡SI YO MISMO TUVE QUE INTERVENIR PARA APLACAR LA DISPUTA ENTRE EL CONTABLE Y TÚ EN EL DESPACHO DEL BANCO!

¡Ah, eso! ¿Y a eso llama relaciones? Perdónenme, pero yo digo que relaciones son las que puedo tener con un amigo, con una mujer...

ENTONCES, ¿CON PATÒ DE QUÉ SE TRATABA?

Se trataba de conocimiento, de simple conocimiento. Buenos días y buenas tardes.

¿ES VERDAD QUE RECIBISTE DEL BANCO DE TRINACRIA UN PRÉSTAMO DE 280 LIRAS?

Sí señor, es verdad. Y no era el primero.

¿CUÁNTOS PRÉSTAMOS HAS OBTENIDO DE ESTE BANCO?

Tres. ¡Siempre religiosamente devueltos dentro del plazo y siempre pagando hasta el último céntimo de intereses! Una vez incluso lo devolví cuatro días antes del vencimiento. Si no me creen, se lo pueden preguntar al cajero jefe, que es el contable Tortorici.

SI SIEMPRE HAS SIDO TAN PUNTUAL Y PRECISO, ¿CÓMO ES QUE EL CONTABLE PATÒ QUERÍA QUE DEVOLVIERAS EL PRÉSTAMO ANTES DEL VENCIMIENTO? ¿YA NO SE FIABA? ¿QUÉ SUCEDIÓ?

Eso espero que me lo expliquen los señores.

CIARAMIDDARO, TRATA DE NO HACERTE EL GRACIOSO CON NOSOTROS. NO ESTÁS EN UNA BUENA POSICIÓN. EN TU PROPIO BENEFICIO, RESPONDE A NUESTRAS PREGUNTAS. ¿QUÉ SUCEDIÓ?

Entonces esta historia tengo que contarla desde el principio, ¿no? Déjenme contarla con pelos y señales, sin hacerme preguntas, sino me confundo. Pues bien, el pasado día dieciocho, que me parece que era martes, por la mañana, serían las nueve, me presenté en el Banco, entré en el despacho del contable Patò y le entregué en mano las 280 liras que me había prestado. Entonces...

¡ALTO! ¡ALTO!

¿Qué pasa? ¡Le había rogado que no me interrumpiera para no confundirme!

¿ESTÁS DICIÉNDONOS QUE EL DÍA 18 YA HABÍAS DEVUELTO EL PRÉSTAMO?

Sí señor, el día dieciocho.

Y ENTONCES ¿POR QUÉ EL CONTABLE SOSTUVO CONMIGO QUE TE HABÍAS ENFADADO PORQUE TE HABÍA PEDIDO LA DEVOLUCIÓN DEL PRÉSTAMO?

¡Bah!

¡EH, NO! TÚ TAMBIÉN ESTABAS EN EL DESPACHO CUANDO EL CONTABLE ME DIJO PERSONALMENTE QUE LA RAZÓN DE TU ATAQUE DE NERVIOS ERA ÉSA Y TE LA REPITO: QUERÍA LA DEVOLUCIÓN DEL PRÉSTAMO QUE TE HABÍA HECHO. ¿POR QUÉ NO ME DIJISTE LA VERDAD EN AQUEL MOMENTO?

Mire, no dude en preguntarle al contable Tortorici: él confirmará que le devolví el préstamo. Usted me pregunta por qué entonces, cuando estábamos en el despacho, no le dije nada y me quedé en silencio. Se lo explico y debe creerme. Me sentí entre la espada y la pared. Pero sobre todo me espanté.

¿DE QUÉ TE ESPANTASTE?

De lo que me estaba ocurriendo. Había algo que no me cuadraba, que no encajaba. Estaba convencido de que aquel grandísimo contable cornudo...

¡MODERA TUS PALABRAS!

... que ese contable cornudo...

¡TE HE DICHO QUE MODERARAS TUS PALABRAS!

¿Y no las moderé? Le quité el grandísimo, ¡pero dejo el cornudo!

TE HE DICHO...

Está bien, está bien. Me convencí de que el contable me estaba tendiendo una celada, una trampa, me estaba haciendo la zancadilla.

¿CON QUÉ FIN? ¿QUÉ INTERÉS PODÍA TENER?

El interés no lo sé. Pero la cosa, ya se lo dije, no me cuadraba.

EXPLÍCATE MEJOR.

Pues, yo, se lo repito, en la mañana del dieciocho le llevé el dinero al contable. Y él me lo agradeció y me dijo que lo entregara en la caja, al contable Tortorici. Al día siguiente, es decir en la mañana del diecinueve, miércoles, llega un recadero del Banco y me entrega un billete. Estaba firmado por aquel grandísimo... perdón, estaba firmado por el contable Patò. Decía que quería que le restituyera el dinero que me había prestado. Y me invitaba a pasar por el Banco al día siguiente por la mañana. En seguida pensé que había un error, que el billete había sido escrito antes de que hubiera devuelto el dinero. Pero de todos modos al día siguiente me presenté en el Banco, completamente tranquilo, tal cual, sobre todo para aclarar el error y reírnos un poco con aquel grandísimo... perdón... con el contable Patò. Apenas entré en el despacho, me dijo que cerrara la puerta. Yo lo hice y entonces él abrió un cajón del escritorio y sacó una carta preguntándome si la había escrito yo...

¡ALTO!

¿De nuevo? ¿Otra vez? ¡Bah, qué lata!

¿LA CARTA ES ESTA QUE TE ENSEÑO?

Sí señor, precisamente ésta. Escrita con letras de periódico recortadas y pegadas.

CONTINÚA.

Me la dio, diciéndome que debía leerla. Entonces me puse a leerla, pero con mucha dificultad porque me resulta difícil tanto leer como escribir. En resumen, con la ayuda de Dios, la leí. «¿Fuiste tú?», me preguntó el contable.

¿Y TÚ QUÉ LE DIJISTE?

¿Qué podía decirle? Que no había sido yo.

¿Y EL CONTABLE?

¡Parecía que se había vuelto loco! Se levantó de la silla, pegó un gran salto sobre el escritorio, empezó a pegar voces de que yo era un miserable, que me hacía la caridad de prestarme dinero cuando lo necesitaba y después se lo agradecía escribiéndole cartas anónimas...

¿Y TÚ QUÉ HICISTE?

Yo estaba completamente trastornado, él hablaba, yo lo oía y no entendía nada de nada. Después me recuperé un poco y comencé a pensar que el contable, si hacía todo este teatro, tal vez quería enredarme...

¿Y POR QUÉ QUERÍA ENREDARTE EL CONTABLE?

No lo sé.

¿Y EN QUÉ QUERÍA ENREDARTE?

No lo sé.

¿EN ABSOLUTO?

En absoluto.

¿QUÉ SUCEDIÓ DESPUÉS?

¿Después? ¿Es preciso hablar de ello? Mejor cambiemos de tema.

CIARAMIDDÀ, AQUÍ EL TEMA SE CAMBIA SÓLO CUANDO LO DECIMOS NOSOTROS, ¿ESTÁ CLARO? ENTONCES, CONTINÚA. ¿QUÉ OCURRIÓ DESPUÉS?

¿Qué ocurrió? Ocurrió que el contable, enrojecido como si de un momento a otro le fuera a dar un ataque, se acercó a mí y en un visto y no visto me soltó un tortazo terrible, cómo se dice, una bofetada en la cara, tan fuerte que me hizo echar chispas por los ojos y todos los objetos empezaron a dar vueltas a mi alrededor... ¿Un tortazo a mí? ¿A mí? ¿Alguien se había atrevido a darme un tortazo a mí? Nunca nadie en el mundo había tenido el valor de levantarme la mano, ¡imaginémonos un tortazo! ¡A Gegè Ciaramiddaro!

¿QUIERES QUE SE NOS HAGA DE DÍA?? NO ESTAMOS EN EL TEATRO DE MARIONETAS, CONTINÚA.

Me dio un ataque de nervios, me dio... perdí los estribos e hice lo que hice y que el Delegado sabe. Cuando llegó usted, señor Delegado, entonces aquel grandísimo... perdón, entonces el contable se puso a contar la trola, cómo se dice, la mentira de la deuda que no quería pagarle. Y ésta es la pura y santa verdad.

¿DÓNDE ESTÁ EL BILLETE QUE TE HABRÍA ENVIADO PATÒ PIDIÉNDOTE LA DEVOLUCIÓN DEL DINERO? LO HAS TIRADO, ¿VERDAD?

No señor, no lo tiré. Lo guardé. Lo tengo aquí, en el bolsillo. Tome. Se lo entrego.

EXPLÍCAME POR QUÉ, EN TU OPINIÓN, EL CONTABLE HIZO LO QUE HIZO.

O verdaderamente se había vuelto loco o, se lo repito una vez más, quería enredarme.

PERO ¿ENREDARTE EN QUÉ?

No lo sé.

Leído, firmado y suscrito en Vigàta,
el 27 de marzo de 1890.

Anexo 2

Señor Ciaramiddaro:

Encontrándose esta filial del Banco de Trinacria en la necesidad de saldar todas las deudas morosas en el plazo más breve posible, lo invito a devolverme la suma de 280 liras prestadas en su momento.

Hágame el placer de pasar mañana por la mañana por mi despacho.

El Director de la filial
(Cont. Antonio Patò)

Anexo 3

Nos permitimos añadir algunas precisiones y algunas deducciones sobre el interrogatorio del mencionado Gerlando Ciaramiddaro.

Ya con fecha 20 del c.m., después del litigio ocurrido entre Ciaramiddaro y Patò en el despacho de este último, el Delegado de Policía había encargado al Guardia Giuseppe Ferruzza que siguiera siempre a Ciaramiddaro sometiéndolo a una constante vigilancia.

Cosa hecha concienzudamente por Ferruzza, quien ha corroborado que siempre había tenido a la vista al sujeto. Sobre todo durante la representación. En un momento dado, un niño que corría entre la gente tropezó con los pies de Ferruzza y cayó al suelo haciéndose daño y rompiendo en llanto. El guardia Ferruzza se inclinó para levantar al niño, lo calmó y lo devolvió a sus padres.

De nuevo en el puesto de observación, ya no divisó a Ciaramiddaro. Preocupado, empezó a buscarlo en torno, cuando lo vio salir de la hostería más cercana abrochándose los pantalones. Luego volvió a su puesto. Todo esto media hora antes de que el contable Patò se hundiera por el escotillón.

Además la carta anónima no puede haber sido escrita por Ciaramiddaro, dado que se trata de un individuo casi analfabeto, mientras que por el contrario el anónimo parece escrito, aunque sea con caracteres recortados de un periódico, por alguien que sabe emplear el italiano.

Retenido Ciaramiddaro en la Delegación, nos dirigimos a la filial del Banco de Trinacria donde le pedimos al Cajero jefe, ahora Director interino, contable Vitantonio Tortorici, la confirmación de cuanto había asegurado Ciaramiddaro durante el interrogatorio.

El contable Tortorici, anteponiendo que no conocía los motivos que suscitaron el litigio entre Patò y Ciaramiddaro, confirmó plenamente la devolución de la suma de 280 liras por parte de este último con fecha 18 del corriente mes.

Pero afirmó que no estaba en absoluto al corriente del billete que Patò envió a Ciaramiddaro al día siguiente.

El recadero de la filial, Giovanni Mamò, nos dijo que el día 19, por la mañana, recién abierta la filial, el contable Patò lo llamó a su despacho y le dio un billete diciéndole que lo entregara a Ciaramiddaro. Cosa que Mamò hizo de inmediato. No sabe nada más.

Por todas estas razones hemos debido dejar en libertad a Ciaramiddaro.

En este punto el comportamiento del desaparecido Patò respecto de Ciaramiddaro nos parece bastante oscuro.

Hacemos respetuosamente notar a Sus Señorías Ilustrísimas que el billete enviado a Ciaramiddaro presenta algunas cosas extrañas.

No está escrito en papel con membrete del Banco de Trinacria, sino en una hoja cualquiera cortada por la mitad.

No está fechado.

Incluso se podría pensar en un billete que se remonta al pasado y que Ciaramiddaro vuelve a usar en esta ocasión. Pero el testimonio de Mamò contradice esta suposición.

También hemos querido comprobar la autenticidad de la firma del billete: el contable Tortorici la ha reconocido como firma auténtica.

La única explicación posible a esta actuación es que la recepción del anónimo haya alterado sensiblemente el sistema nervioso del contable.

Mañana por la mañana nos informaremos sobre su estado de salud con su médico de cabecera.

Con nuestra mayor consideración.

firmado Giummàro — firmado Bellavia

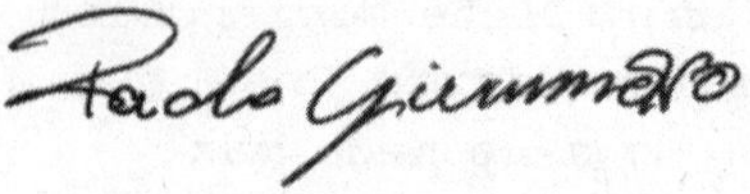

La Gazzetta dell'Isola

Director: Gesualdo Barreca *Palermo, 28 de marzo de 1890*

(Recibimos y con gusto publicamos esta carta del Honorable Gaetano Rizzopinna, elegido Diputado por la Circunscripción de Montelusa.)

Sobre el caso Patò

Ilustre Director:

Son muchos los que han planteado suposiciones de distinta naturaleza al opinar sobre la desaparición del contable Antonio Patò.

Yo, aunque sin descartar opinión alguna, me tomo el atrevimiento de hacer pública una elucubración quizá adecuada para iluminar las mentes de las Autoridades que ponen todo su empeño en resolver la desaparición.

Y me apresuro a señalar que mi reflexión no viene del electo, y con desbordante unanimidad, Honorable Gaetano Rizzopinna del Partido de la oposición a este Gobierno, sino del simple y honrado ciudadano Gaetano Rizzopinna.

Es bien conocida, en Montelusa y su Provincia, el dócil comportamiento de un Banco (del que prefiero no dar el nombre) hacia un poderoso político montelusano, que se sirve de dicho Banco, del que se dice que posee el 51%, como de su propio bolsillo, atareado como está en prodigar favores a diestro y siniestro, siempre con la intención de obtener el correspondiente consenso popular.

Y tan llamativo, tan considerable ha sido el despilfarro, el derroche, que el año pasado se empezó a murmurar de un inminente cierre de las ventanillas, de modo que el Banco fue sometido a un meticuloso examen por parte de la Inspección del Banco Nacional, que los preside a todos.

Un rumor popular fabula que, mientras el Inspector con sus ayudantes estaba ocupado en los despachos de la Dirección Provincial del Banco, cayó en Montelusa, como un halcón que ve su nido en peligro, el poderosísimo político que estaba en Roma, dormido en los laureles.

Es un hecho que, dos días después, el Inspector participaba en una suntuosa partida de caza organizada por dicho político y de la cual el Inspector volvió con el morral lleno, y no sólo de caza.

Y del antes mencionado examen nunca más se supo.

Fui yo quien de este silencio extrajo un vaticinio, una demasiado fácil profecía.

Por ende, humildemente sugerimos a las Autoridades investigadoras que sigan no sólo las pistas de conflictos privados, de pequeñas venganzas, de familiares vicisitudes, sino que también vuelvan su atención no, en suma, a los avatares de un contable misteriosamente desaparecido, sino al cometido que este contable desempeñaba y a la labor bancaria desarrollada por él obedeciendo las órdenes del político consanguíneo que lo había querido en ese cargo.

Gaetano Rizzopinna

Puesto de los Reales Carabineros de Vigàta

Al señor
Capitán de los Reales Carabineros
Montelusa

Al señor
Jefe de Policía
Montelusa

Vigàta, 28 de marzo de 1890

Objeto: Indagaciones sobre desaparición
Nº Reg. 322

Esta mañana nos hemos desplazado, como ayer dijimos, a la Consulta del Doctor Giosuè Picarella, médico de cabecera del contable Patò, con el fin de conocer el estado de salud del desaparecido.

Al principio, el Doctor Picarella se negó con firmeza a nuestra solicitud asegurando que su deber de médico era no dar noticias sobre los enfermos a los que trataba porque se lo había jurado a un tal Hipócrates (desconocido en Vigàta) y que, en consecuencia, no estaba dispuesto a hablar de Patò con «cerdos y perros» (éstas son las palabras exactas).

Habiendo yo, Mariscal de los Reales Carabineros, respondido con sentidas palabras que no era ningún cerdo y habiendo el Dele-

gado de Policía dicho que tampoco él era un perro y que nos encontrábamos en la consulta en el cumplimiento de nuestras funciones, el Doctor Picarella se calmó un poco y nos dio entrecortadas informaciones que pueden resumirse como sigue.

El contable Patò tiene una sana y robusta constitución física.

Ante la pregunta de si alguna vez había sufrido pequeños fallos de memoria, respondió con absoluta seguridad lo siguiente: «Nunca».

Ante la pregunta de si había tenido ocasión de visitar a Patò en los últimos tiempos y cómo lo había encontrado, respondió lo siguiente:

«He tenido oportunidad de visitar al paciente Patò precisamente el lunes anterior al viernes de su desaparición debido a que él, es decir, Patò, había sufrido una leve dislocación de la muñeca izquierda, que ni siquiera había sido necesario poner en cabestrillo. Bastó con una pomada».

Ante la repetida pregunta de cómo lo había encontrado en general, respondió lo siguiente:

Que lo había encontrado inquieto y excitado, como no solía estar. Pero sin duda esto debía adscribirse a la inminencia de la representación de la Muerte en la que Patò estaba muy comprometido.

Ante una pregunta precisa, respondió lo siguiente:

«Patò no sufría de dolores de cabeza, cambios de humor, ataques de nervios y, al no necesitar tratamientos, no tomaba ninguna medicina en particular».

De vuelta al Puesto, nos estaba esperando el maestro de hacha Cosimo Vapano, quien tenía una declaración que hacernos sobre un hecho ocurrido en la mañana del 24, cuando había recibido del Delegado de Policía la orden de desmontar el palco, hecho al cual no había dado ninguna importancia. Pero, habiéndoselo contado a su mujer, había sido ésta la que lo había incitado a venir a decirnos lo siguiente:

Cuando ya toda la parte superior del palco había sido desmontada y llevada al almacén de Vapano, se presentó en la Plaza Grande un señor de unos cincuenta años al que no se le entendía casi nada, dado que el señor sólo chapurreaba unas pocas palabras de italiano. Finalmente entendió que se trataba de un turista inglés venido a Montelusa para visitar los Templos y que había tenido ocasión de saber de la desaparición del contable Patò. Él le pidió a Vapano lo siguiente.

Poder examinar la escalera construida por el maestro de hacha para permitir que el contable Patò desapareciera en el foso sin temor a hacerse daño.

Al no tener nada en contra y al no encontrar en la solicitud nada que perturbara la búsqueda del desaparecido, Vapano lo consintió.

Después de un rato mirando la escalera por todos lados, el inglés pidió a Vapano que le prestara un metro con el cual empezó a medirla de todas las maneras posibles, transcribiendo las medidas en una hoja de papel cuadriculado que traía consigo. Después de dos horas de observación de la escalera, el inglés agradeció, le dio una gratificación (que no ha querido especificar de cuánto) y se marchó.

Entonces mandamos a un guardia a Montelusa para informarse en el mejor hotel de la ciudad sobre el paso de este inglés. El guardia, de regreso, nos refirió lo siguiente.

El inglés en cuestión es un Lord cuyo nombre y apellido son Alistair O'Rodd y parece ser un científico de la Corte inglesa.

No conseguimos entender la razón y la finalidad de sus mediciones. Pero no nos parece lógico especular sobre un interés de la Corte inglesa en la desaparición del contable Patò. Por las inmediaciones de los Templos se ven muchos ingleses que no están demasiado bien de la cabeza.

Para una mejor comprensión de cuanto ahora vamos a escribir se hace necesaria la siguiente premisa.

El día anterior a la representación de la «Muerte» llegó por correo a este Puesto de los Reales Carabineros una carta desde Montelusa firmada con una cruz por un tal Onofrio Vasapolli en la cual se declaraba lo siguiente.

Que tenía un hermano, Arturo Vasapolli, afectado de manía religiosa y durante mucho tiempo ingresado en el manicomio provincial. Dado de alta en calidad de curado, en realidad Arturo Vasapolli está aún más loco que antes. En efecto, habiendo sabido que en Vigàta se representaría la Muerte, Arturo Vasapolli manifestó que esta vez Judas no se iría de rositas y que procuraría matarlo con sus propias manos.

Al haber desaparecido Arturo Vasapolli de la casa de su hermano, donde vivía, éste, inmediatamente después de decir esto, para evitar responsabilidades personales había querido advertir de lo ocurrido al Puesto de los Reales Carabineros.

Habiéndonos dirigido, por consiguiente, a Montereale, encontramos a Arturo Vasapolli arrodillado delante de la puerta de casa rezando fervorosamente. Su hermano declaró lo siguiente.

Después de que Arturo se marchara de casa, Onofrio Vasapolli se había puesto a buscarlo por las calles del pueblo, por las casas de los vecinos y por la circunstante campiña. Reanudó la búsqueda al alba del día siguiente, que era precisamente el Viernes Santo, y hacia las 5 de la tarde finalmente halló a su hermano en casa de la conocida meretriz del lugar Agata Bontade, quien declaró que Arturo se encontraba en su cama desde el día anterior. Según las declaraciones del Vasapolli sano, Arturo alterna ataques de crisis místicas con ataques de imparable incontinencia sexual. Mientras se encaminaba hacia Vigàta con la intención de matar a Judas, Arturo Vasapolli había sentido que necesitaba una mujer y había vuelto a la carrera a Montereale para satisfacer sus deseos.

Agata Bontade, expresamente interrogada por nosotros, confirmó plenamente las declaraciones de Onofrio Vasapolli.

De vuelta de Montereale, nos dirigimos a casa del contable Patò, donde nos recibió su esposa, la señora Elisabetta Mangiafico, vi-

siblemente descorazonada, sea por la falta de noticias de su consorte sea por un episodio desagradable, pero de ninguna relevancia a los fines de la indagación, ocurrido de mañana en el curso de una Misa hecha celebrar por la misma señora Mangiafico para implorar la Gracia del regreso de su marido.

Le pedimos permiso a la señora para examinar el traje de calle que se había puesto el contable cuando se había dirigido a interpretar la Muerte con el fin de verificarlo atentamente para encontrar eventuales huellas, cartas u otras cosas, que de algún modo pudieran contribuir a dilucidar la desaparición.

Ante lo que la señora respondió lo siguiente.

Nadie le había devuelto la ropa de su marido.

Nosotros, en verdad, estábamos persuadidos de que el contable había desaparecido vestido de Judas y que, por consiguiente, alguien había hecho llegar el traje a la señora.

Entonces nos dirigimos donde el Arcipreste padre Spiridione Randazzo preguntándole si había tenido noticias de dónde había ido a parar el traje del contable Patò, pero no sabía nada y tampoco quién había podido cogerlo.

Para aclarar mejor el hecho, nos trasladamos al palacio Curtò di Baucina.

Allí el señor marqués, guiándonos al vasto almacén cortésmente puesto a disposición de los señores actores, nos explicó lo siguiente:

Que había hecho subdividir dicho almacén en

multitud de pequeños cuartos por medio de unas gruesas cuerdas tendidas de una pared a otra de las cuales colgaban unas sábanas, de modo que cada actor pudiera disfrutar de una cierta intimidad mientras se desvestía. Cada cuarto estaba provisto de una silla y de una mesita sobre la cual había también un pequeño candil.

En la mañana del día de la representación el padre Gesuino Albanese, asistente del padre Spiridione Randazzo, se dirigió al almacén indicando en un trozo de papel colgado de cada lienzo el nombre del personaje al que estaba reservado el cuarto. Y en la mesita de cada cuarto el padre Gesuino Albanese dispuso todo aquello que necesitaba cada actor: traje, peluca, bastón, etc.

El marqués Curtò di Baucina declaró que en el acto del desmantelamiento del aparato en el almacén, que se realizó bajo su personal vigilancia, no se halló nada que tuviera que ver con el contable Patò. En el cuarto reservado a él no había ropa ni objetos.

El padre Gesuino Albanese, localizado e interrogado por nosotros inmediatamente después, manifestó que cuando pasó por el almacén, después de la actuación, para poner en orden trajes y maquillajes, el cuarto del contable Patò estaba completamente despejado, con la excepción de la mesita, la silla y el candil.

En este punto, habiéndose hecho la hora de cenar, consideramos oportuno someter a interrogatorio a todos los actores yendo de casa en casa.

Y hemos sabido lo siguiente:

Ninguno de los actores ha vuelto a verlo, después de su desaparición a través del escotillón.

Ninguno de los actores tiene la más mínima idea de adónde han ido a parar la ropa y los zapatos del contable.

El contable Lo Forte, que había ido a buscar al contable Patò al ver que no se presentaba a su lado para los agradecimientos al público (véase nuestro informe precedente), nos dijo lo siguiente.

Que había recordado que Patò, cuando estaba en el cuarto para ponerse el traje de Judas, tenía a su lado un saco de yute vacío o medio vacío, no recuerda con precisión.

Naturalmente tampoco de este saco se ha hallado rastro alguno.

El hecho de que no se encuentre ni el traje de Judas ni la ropa de paisano del contable Patò nos produce bastantes interrogantes que se pueden resumir en lo siguiente.

¿El contable Patò fue raptado vestido de Judas? Si sí, en este caso ¿quién se ha llevado la ropa de calle? ¿Y por qué?

¿El contable fue obligado a vestirse de nuevo antes de ser secuestrado? Si es así, quiere decir que la agresión al contable debe de haberse producido en el transcurso de esa veintena de minutos largos pasados entre la apertura del escotillón y el fin de la representación. Pero, si fue así, ¿por qué los agresores consideraron necesario llevarse también el traje de Judas, que tampoco se ha encontrado?

En el día de hoy, ha aparecido en el periódico palermitano La Gazzetta dell'Isola *una carta del Diputado Gaetano Rizzopinna, en la cual somos invitados a seguir las pistas de las presuntas malversaciones ocurridas en la filial del Banco de Trinacria en favor de los intereses personales y políticos de un conocidísimo político. La desaparición del contable Patò se habría producido, siempre según el Diputado, como consecuencia de esto.*

En honor a la verdad son muchas las voces que recorren la ciudad apoyando la hipótesis de que el contable fue raptado por asuntos bancarios. Algunos sostienen que el contable puede haber sido raptado para ejercitar una fuerte presión sobre su tío, que es el conocidísimo político.

En conciencia, sería necesario echar un vistazo a los papeles del Banco. Pero nos vemos imposibilitados a hacerlo a falta de las ordinarias e indispensables autorizaciones.

Esperamos instrucciones al respecto.

Con nuestra mayor consideración

El Mariscal de los
Reales Carabineros
(Paolo Giummàro)

El Delegado de
Policía
(Ernesto Bellavia)

Abogado Profesor

Attilio Locuratolo

Via Eugenio di Savoja, 12

Montelusa

Al señor Gesualdo Barreca
Director de La Gazzetta dell'Isola
Via Garibaldi, 3
Palermo

Montelusa, 28 de marzo de 1890

Le escribo la presente para comunicarle que he recibido el encargo oficial de mi cliente, el Comendador Felice Scammacca, Presidente del Banco de Trinacria, de interponer una querella por difamación a través de la prensa, con amplias facultades de prueba, contra usted, en calidad de Director del periódico La Gazzetta dell'Isola, *y contra el Diputado Gaetano Rizzopinna, autor de la carta difamatoria aparecida en el día de hoy en su periódico.*

Cumplo con mi deber.

Abog. Prof. Attilio Locuratolo

Attilio Locuratolo

Real Prefectura de Montelusa

El Prefecto

Al señor
Jefe de Policía
Montelusa

Al Capitán
Comandante de los Reales
Carabineros
Montelusa

CONFIDENCIAL

Montelusa, 29 de marzo de 1890

Señor Jefe de Policía, señor Capitán:

Me parece muy amable por parte de sus Señorías Ilustrísimas, y muy apreciado por mí, haberme puesto al corriente de la cuestión inherente a la posibilidad de solicitar al Tribunal de Montelusa la autorización para que sus subalternos y subordinados de Vigàta puedan acceder a los papeles, sea de la administración, sea de la correspondencia, que se encuentran en la filial vigatense del Banco de Trinacria.

Visto que sus Señorías Ilustrísimas son muy libres de actuar, en el ámbito de su responsabilidad, para la consecución de la Verdad (que sólo a nosotros interesa) con los medios que consideren más adecuados y oportunos, querría humildemente recordar que el Banco de Trinacria ya fue sometido en su momento a una exhaustiva inspección por parte del interventor del Banco Nacional, que no detectó nada incorrecto.

Aún más recientemente, como consecuencia de la desaparición del contable Patò, la filial de Vigàta fue nuevamente sometida a inspección y tampoco en este caso pudo señalarse ninguna irregularidad.

Además me he enterado de que, como consecuencia de la carta aparecida en *La Gazzetta dell'Isola* con la firma del Diputado Rizzopinna, el Presidente del Banco se ha querellado por difamación contra el Director del periódico y el Diputado.

Hoy por hoy, una solicitud de registro (porque se trataría esencialmente de esto) de la filial del Banco, en seguida se presentaría ante la opinión pública (y no sólo ante ella) como un aval de los investigadores en favor de una de las dos partes actualmente enfrentadas.

Y sería inútil cualquier intento de frenar habladurías, malévolas suposiciones e insinuaciones más o menos explícitas.

¿Qué hacer, pues?

Sin querer de ningún modo sugerir nada a nadie, me parece más sensato recorrer todas las demás vías que puedan conducir a la solución del misterio de la desaparición del contable Patò y sólo al final, como *extrema ratio*, cuando esas vías estén agotadas o sean, en cualquier caso, impracticables, llegar, con discreción y poniéndose de acuerdo con quien corresponda, a una visita (más o menos formal) a la filial del Banco.

De todos modos, sin querer faltar el respeto a nadie, me interesa puntualizar que, si dicha visita se llevara a cabo, deberán hacerla personas altamente cualificadas, es decir, en condiciones de manejarse en esa selva de números que opino que es una contabilidad bancaria.

Con mi mayor estima.

El Prefecto de Montelusa

(Francesco Tirirò)

L'ARALDO di MONTELUSA

Gerente: Pasquale Mangiaforte — ***Sábado, 29 de marzo de 1890***

Un desagradable incidente

Ayer, viernes 28, a una semana de la inexplicable y por desgracia aún inexplicada desaparición del contable Antonio Patò, de la cual hablamos largamente en los últimos días, la señora Elisabetta Mangiafico, consorte del contable, hizo celebrar, asistiendo con sus hijos y un gran número de parientes, amigos y conocidos, una Misa especial para implorar la Gracia del regreso de su marido.

Puesto que desde hacía dos días se encontraba en Montelusa, como huésped de su hermano, el padre Giustino Seminara, famoso predicador, el Arcipreste padre Spiridione Randazzo lo invitó a pronunciar algunas palabras de consuelo y de esperanza.

El padre Seminara aceptó con gusto y luego no titubeó en expresar, con voz tronante, cuál era su idea respecto de la desaparición.

Al término de la exposición del valiente predicador, la señora Mangiafico se desmayó y fue transportada en brazos hasta su vivienda entre el llanto a mares de sus hijos y el comprensible nerviosismo de sus parientes y amigos.

Damos a continuación un resumen de la hipótesis, a decir verdad bastante osada, que sobre el hecho formuló el padre Seminara.

Empezó recordando que, a lo largo de los siglos, siempre ha sido dura y severa la condena que la Santa Madre Iglesia ha lanzado contra el teatro que es, siempre y en cualquier caso, aun cuando se camufla de espectáculo edificante, obra máxima del Demonio. Después de citar con extraordinaria doctrina pasajes del Apóstol Pablo, del Apóstol Santiago, de Tertuliano, de san Agustín y de otros que aquí por brevedad se omiten, aseguró que quería sacar partido de una consideración del gran Giacomo Benigno Bossuet, Obispo de Meaux, autor, entre otras, de una ponderada obra de máximas y reflexiones sobre el teatro. ¿Qué sostiene el Obispo Bossuet y con él el padre Seminara? Que los términos teatro y pasión son lo mismo y que, por consiguiente, reproducir, recrear una pasión sobre las tablas del escenario equivale a empujar al espectador a sufrir, a padecer esa misma pasión.

Y como prueba de la verdad de sus palabras, el padre Seminara se dirigió directamente a los fieles, apostrofándolos así:

«¿Cuántos de vosotros habéis lagrimeado y sufrido al unísono con el actor o con la actriz que en las tablas del luciferino palco lloraba y sufría por una pena de amor incluso pecaminosa, quizá hasta adulterina y dictada sólo por la desenfrenada agitación de los sentidos? Por consiguiente, el actor, al obrar así, ¿no os arrastraba con él en las espirales del pecado mortal?».

El padre Seminara concluyó de este modo esta parte de su discurso:

«¡El actor es contagioso! ¡Capaz de inocular al mundo entero su pernicioso veneno! ¡Es por eso que, en tiempos de verdadero respeto a los dictámenes de la Santa Madre Iglesia, estaba absolutamente prohibido enterrar a los cómicos en tierra consagrada!».

Luego el padre predicador prosiguió afirmando que había realizado, en los dos días que llevaba en Montelusa, su personal indagación sobre el hecho ocurrido en Vigàta. Por ésta había sabido que, según el parecer de la gran mayoría de los que asistieron a la *Muerte* y que desde hace años suelen asistir, el contable Patò, se hacía en su interpretación de Judas, espectáculo tras espectáculo, cada vez más experto, más convincente, es decir, cada vez más repugnante como el traidor por antonomasia. Alguno de los interrogados llegó a aseverar que, en el transcurso de la representación de la semana pasada, Patò había conseguido llegar a tal grado de verdad que aparecía, a los ojos de muchos, como la reencarnación del verdadero Judas. El abogado Angelo Maria Lobianco («que me ha autorizado a referir sus palabras», quiso precisar el padre Seminara) quedó tan trastornado por aquella personificación de Judas que vomitó sobre los zapatos de su vecino, que si fuera preciso podría dar testimonio de ello.

Que el contable Patò —continuó el padre Seminara— alcanzase semejante nivel de introspección era bastante previsible. Porque quien se ofrece voluntariamente a hacer el papel de Judas demuestra que tiene oculta, en los recovecos de su alma, una natural propensión al mal, una natural vocación para la traición.

En el caso específico del contable Patò, en el acto de personificar a Judas, se produjo una especie de trágica inversión: si el actor es aquel que, diabólicamente, es capaz de convertirse, de transformarse en otro que no sea él, diferente de sí mismo, no fue esto lo que ocurrió con Patò, sino lo contrario, la salida a la luz, la explosión de su verdadero interior, hasta aquel momento enmascarado *signum individuationis*, de modo que se convirtió en un todo consigo mismo. Se trató, por consiguiente, más que de una reencarnación, de una nueva venida al mundo de aquel mismo Judas que traicionó a Jesús. Se puede afirmar que fue la excesiva pericia de Patò la que lo perdió.

No, concluyó el eminente predicador, cualquier terrenal búsqueda del contable está destinada inevitablemente a resolverse en la nada. Según el padre Seminara los casos son dos: o Dios Omnipotente, indignado al ver revivir a Judas, quiso borrarlo en seguida de la faz de la tierra o el Maligno respondió a las invocaciones de Judas, su criatura, abriéndole la tierra bajo sus pies y haciéndolo precipitarse en las llamas del Infierno. *Tertium non datur*.

Las palabras del padre Giustino Seminara sacudieron profundamente a los presentes. Entre los habitantes de Vigàta las discusiones, a menudo muy animadas, se prolongaron hasta tarde.

El padre Spiridione Randazzo, el Arcipreste, no quiso comentar en ningún sentido las afirmaciones del padre Seminara. Se limitó a decir que, para el año que viene, se verá obligado a contratar a un actor profesional para el papel de Judas porque, después de lo dicho por el padre Seminara, será muy difícil encontrar un Judas local.

Real Jefatura de Policía de Montelusa

El Jefe de Policía

Al Delegado
de Policía
Vigàta

Al Mariscal
de los Reales Carabineros
Vigàta

Montelusa, 30 de marzo de 1890

De acuerdo con el señor Capitán Comandante de los Reales Carabineros de Vigàta he llegado a la conclusión de que por el momento es absolutamente prematuro formular hipótesis sobre cualquier nexo entre las actividades del contable Patò como Director de la filial vigatense del Banco de Trinacria y su desaparición.

Absténganse, por tanto, de cualquier iniciativa al respecto.

El Jefe de Policía de Montelusa
(Liborio Bonafede)

Liborio Bonafede

Real Ministerio del Interior

El Subsecretario de Estado

A Su Excelencia Reverendísima
Monseñor Angelo Boscaìno
Curia Diocesana de
Montelusa

¡URGENTE!

Roma, 30 de marzo de 1890

Excelencia Reverendísima:

¡Ay, qué dolor me produjeron los berridos de un cierto predicador cuando voces amigas solícitamente me los refirieron!

Bien sabe usted, Reverendísimo, como humilde oveja de Su grey que soy, que estoy siempre dispuesto a doblegarme resignadamente a la más mínima voluntad de nuestra Santa Iglesia, de la cual usted es tan pío y tan noble representante en Vigàta.

Y entonces, ¿qué mal ha hecho mi dilectísimo Antonio para ser tan cruelmente señalado, sin caridad cristiana alguna, como nuevo Judas a la execración de los devotos? Esas palabras no son efímeras, dado que fueron dichas en la Casa del Señor y, por consiguiente, están destinadas a arraigar en el sentimiento de muchos.

Y no hace falta explicarle el desgarro y la horrible afrenta padecidos por la querida Elisabetta, consorte de mi dilecto sobrino.

¿Qué podrá hacer su amor de Padre y de Pastor para remover este estigma de una vicisitud ya dolorosa de por sí?

Me prosterno, Reverendísimo, confiando en Su alta Sabiduría.

Artidoro Pecoraro

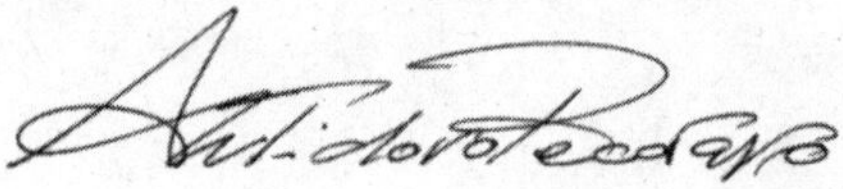

REAL PREFECTURA DE MONTELUSA

EL PREFECTO

Al Delegado
de Policía
Vigàta

Al Mariscal
de los Reales Carabineros
Vigàta

Montelusa, 30 de marzo de 1890

Ni yo ni tampoco el Capitán Comandante de los Reales Carabineros hemos recibido su informe inherente al día de ayer, 29 del c.m.

¿Acaso los señores están convencidos de la exactitud de la teoría formulada en la iglesia por el padre Seminara y han decidido abandonar la indagación remitiéndose píamente a la voluntad del Señor?

El Jefe de Policía de Montelusa
(Liborio Bonafede)

REAL DELEGACIÓN
de POLICÍA
de VIGÀTA

Al señor
Jefe de Policía
Montelusa

Al Capitán
Comandante de los Reales
Carabineros
Montelusa

Montelusa, 30 de marzo de 1890

Nº Reg. 216
Objeto: indagaciones sobre desaparición

Vivamente nos excusamos de no haber podido hacer frente al informe con fecha 29 del c.m. debido a que estábamos ocupados en reconocimientos y mediciones que hemos conseguido llevar a término sólo a altas horas de la noche.

Nos complace remitir en 4 (léase cuatro) anexos los resultados de nuestro trabajo.

Con nuestra mayor consideración.

El Delegado
de Policía
(Ernesto Bellavia)

El Mariscal de los
Reales Carabineros
(Paolo Giummàro)

Anexo 1

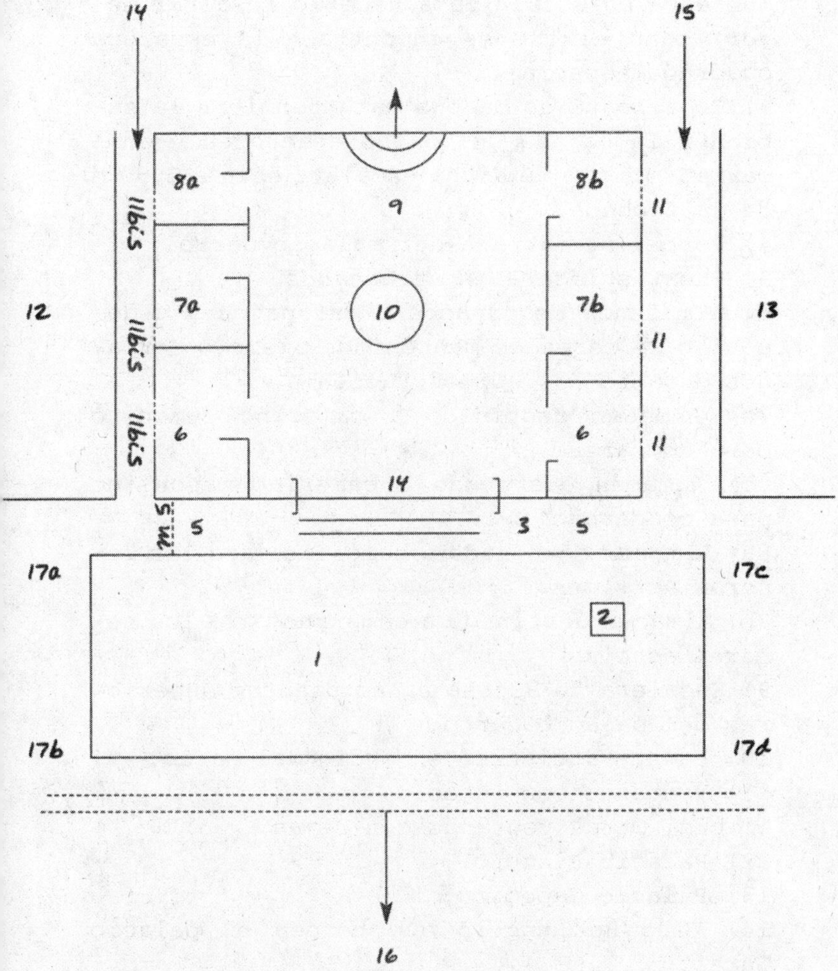

14
15
8a
9
8b
11bis
11
12
7a
10
7b
13
11bis
11
11bis
6
6
11
14
m.5
5
3
5
17a
17c
2
1
17b
17d
16

Anexo 2

Explicación de los números del anexo 1:

1) Escenario en madera de 30 m de longitud, 10 m de profundidad y 1,86 m de altura. Distancia de la fachada del palacio Curtò: 5 m.

2) Escotillón para la desaparición de Judas (no está en escala para hacerlo resaltar mejor) bajo el que se encontraba la escalera cuadrada especial.

3) Escalinata de madera para permitir la subida y la bajada del palco a actores y comparsas. El pie de dicha escalera está a 1,50 m de la fachada.

4) Portal de entrada del palacio Curtò.

5) Puertas laterales atrancadas.

6) Almacenes destinados a carruajes y a depósito de cereales mantenidos siempre cerrados durante la representación.

7a) Almacén destinado a camerino femenino para comparsas.

7b) Almacén destinado a camerino masculino para comparsas.

8a) Almacén destinado a camerino para las señoras actrices.

8b) Almacén destinado a camerino para los señores actores.

9) Escalera de acceso a las plantas superiores del palacio Curtò.

10) Fuente artística en medio del patio.

11) Ventanas con rejas.

11 bis) Otras ventanas con rejas.

12) Palacio Piscuto.

13) Palacio Capodirù.

14) Vico Re Ruggero que bordea el palacio Curtò.

15) Via dell'Unità que bordea el palacio Curtò.
16) Platea y público.
17a) Guardia municipal Alfio Salamone.
17b) Guardia municipal Alfonso Pusateri.
17c) Guardia municipal Ignazio Clemente.
17d) Guardia municipal Calogero Calò.

Anexo 3

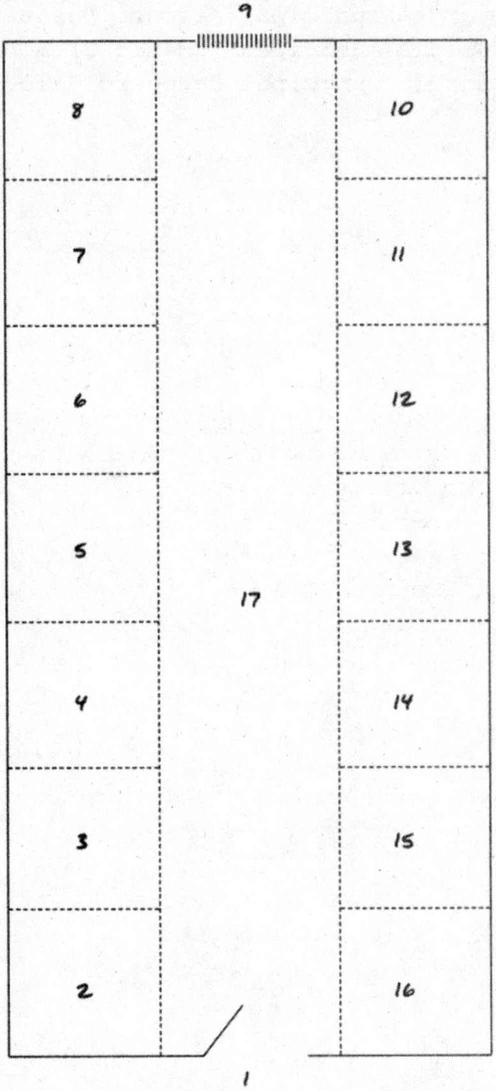

Planta del almacén 8 b destinado a camerino masculino para los señores actores. Para cada cuarto véase el nombre de los ocupantes.

Anexo 4

Explicación de los números del anexo 3:
1) Puerta de entrada al almacén.
2) Cuarto destinado a guardar los trajes y maquillajes sobrantes.
3) Señor Vincenzo Lagùmina.
4) Señor Bernardo Provenzano.
5) Aparejador Leoluca Gabarella.
6) Contable Franco Lo Forte
7) Abogado Filippo Mancuso.
8) Señor Carmelo Nicolosi.
9) Ventana con rejas.
10) Señor Gaetano Spampinato.
11) Maestro Erasmo Giuffrida.
12) Padre Agrario Taddeo Veronica.
13) Señor Saverio Abisso.
14) Aparejador Nicolò Sardella.
15) Profesor Andrea Camilleri.
16) Contable Antonio Patò.
17) Pasillo central.

L'ARALDO di MONTELUSA

Gerente: Pasquale Mangiaforte *Lunes, 31 de marzo de 1890*

Un triste accidente

Ayer, domingo, el señor Adolfo Cannarozzo, de noventa años, volvió a sentarse en su mesa habitual del Caffè Ateneo después de una larga ausencia debida primero, a una difícil operación sufrida en el Hospital San José de Montelusa, y luego a una larga convalecencia dentro de las paredes de su casa.

El señor Cannarozzo fue calurosamente agasajado por amigos y conocidos. En efecto, antes de que el contable Patò ocupara su puesto, fue un aclamadísimo Judas en la *Muerte* durante cerca de una década.

En un momento dado, mientras Cannarozzo comía un trozo de tarta, de la cual era muy goloso, uno de los presentes le preguntó si se había enterado de la conjetura del padre Seminara sobre la desaparición de Patò. El anciano dijo que no sabía nada y el interlocutor, imprudentemente, se la refirió. Al oír que el contable Patò había sido borrado de la faz de la tierra esencialmente por su pericia, Cannarozzo se puso de pie con un salto, diciendo con la voz rota: «¡Pero yo era mejor que él!».

Y luego se derrumbó fulminado por una apoplejía.

De nada sirvieron los auxilios.

REAL JEFATURA DE POLICÍA DE MONTELUSA

EL PREFECTO

Al Delegado
de Policía
Vigàta

Al Mariscal
de los Reales Carabineros
Vigàta

Montelusa, 31 de marzo de 1890

Hemos apreciado mucho, el Capitán Comandante de los Reales Carabineros y yo, la diligencia con la que han trazado plantas y plantillas, estimando obligatorio enviarnos copia de ello.

Sepan que el día destinado a las bromas es el 1º de abril.

Si ésta era su intención, se han equivocado de fecha.

El Jefe de Policía de Montelusa
(Liborio Bonafede)

REAL DELEGACIÓN
de POLICÍA
de VIGÀTA

Al señor
Jefe de Policía
Montelusa

Al Capitán
Comandante de los Reales
Carabineros
Montelusa

Vigàta, 31 de marzo de 1890

Nº Reg. 217
Objeto: Informe sobre desaparición

Impresionados por la semejanza entre las palabras contenidas en la carta anónima hecha llegar al contable Patò («Tú que haces el papel de Judas eres peor que él»), y el razonamiento expresado por el padre Giustino Seminara en la Catedral durante la Santa Misa requerida por la señora Mangiafico de Patò, nos hemos acordado de un episodio ocurrido hace algún tiempo en un pueblo cercano cuando un doctor y un farmacéutico, que habían salido juntos de caza, fueron asesinados. Ahora bien, el Delegado Laurana, que tenía el encargo de indagar sobre el doble homicidio, consiguió descubrir al autor de una carta anónima, que avisaba del homicidio, compuesta con recortes de periódico como la enviada a Patò. El Delegado Laurana leyó la hoja a contraluz de modo que, si bien a duras penas, quedaran en evidencia las letras impresas en el reverso de cada consonante y de cada vocal que formaban el anónimo. Así supo que se trataba de un determinado periódico que en aquel pueblo compraban dos o tres personas. Así que el campo de indagación se le restringió notablemente.

Observada a contraluz la carta mandada a Patò, hemos constatado que el engrudo, usado para pegar las letras del anónimo, al condensarse y espesar el papel, ha hecho imposible la lectura. Entonces, con la ayuda de agua caliente y vapor ácueo, conseguimos despegar cada letra y limpiarla bastante. Así hemos confirmado lo que ya sospechábamos: el periódico utilizado es *L'Araldo di Montelusa*, es decir, el más difundido de la provincia.

Por las dudas, indagamos con discreción las posibles relaciones entre el contable Patò y el padre Seminara: no se conocían. El hermano del padre Seminara, Gerolamo, habitante de Montelusa, conocía de vista a Patò, pero nunca mantuvo relaciones con él, ni siquiera de negocios.

El fracaso de esta, aunque leve, posibilidad, nos ha convencido cada vez más de que hemos equivocado el planteamiento general de la encuesta.

Discurriendo entre nosotros, mientras procedíamos a los reconocimientos, nos asaltó la idea de que, al contrario de como suele hacerse en toda indagación por homicidio o por desaparición, esta vez no era necesario empezar la investigación por el MÓVIL, sino por la manera usada para hacer desaparecer al contable.

En suma, no buscar en seguida el PORQUÉ, sino dirigirse al CÓMO.

La utilidad de nuestros reconocimientos y de nuestras mediciones, de ahí las plantas que les hemos enviado, consiste en tener siempre a mano la referencia de los lugares para poder seguir con mayor facilidad los recorridos hechos por Patò y por sus agresores.

Les comunicamos, además, que las plantillas se han demostrado necesarias en cuanto el marqués siempre que nos ve llegar al palacio se muestra cada vez más nervioso por nuestra presencia, llegando a decir frases de este tipo:

«¿De nuevo por aquí? Pero ¿cuándo acabará esta pesadilla? ¡Yo cierro el palacio y me traslado a Palermo!».

Para su conocimiento.

El Delegado
de Policía
(Ernesto Bellavia)

El Mariscal de los
Reales Carabineros
(Paolo Giummàro)

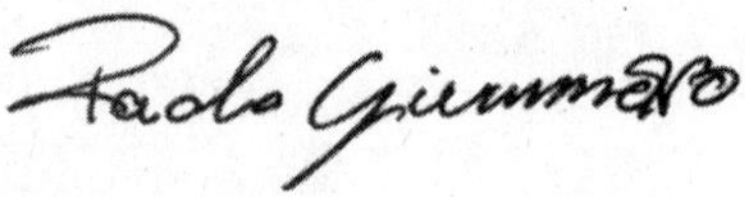

Curia diocesana de Montelusa

Al padre
Spiridione Randazzo
Arcipreste de la Catedral
Vigàta

Montelusa, 1 de abril de 1890

Arcipreste respetabilísimo:

Quiero expresarle el doloroso pesar de S.E. Reverendísima nuestro amadísimo Obispo por el acontecimiento ocurrido el último Viernes Santo en la Catedral de Vigàta.

Usted ha sido muy incauto al invitar al padre Giustino Seminara a hablar durante la Santa Misa requerida por la señora Patò para implorar la Gracia de tener novedades de su esposo.

El padre Seminara, hombre pío y de elevados sentimientos, tiene dos pequeños defectos: el no pleno control de su vehemente elocuencia y el férreo sostén de sus propósitos, que hacen de él un personaje que parecía desvanecido desde los tiempos de los sermones para las Cruzadas.

Además es bien sabido que el padre Giustino Seminara suele frecuentar el licor que durmió a Noé, aun antes de que sea consagrado y transmutado en sangre de Nuestro Señor.

En su infinita benevolencia y caridad S.E. Reverendísima nuestro Obispo no ha querido percibir, en las palabras del

Predicador, ofensa alguna dirigida personalmente contra usted, habiendo S.E. Reverendísima prontamente deseado asistir (¡y en primera fila!) a la puesta en escena de la Muerte *vigatense.*

Al respecto, S.E. Reverendísima hace notar que, en su poderosa disertación, el padre Seminara comete al menos pecado de omisión en cuanto ha citado textos convenientes para su tesis, dejando de lado otros, porque no venían a cuento, del tristemente célebre «Cicero pro domo sua».

En efecto, el padre Seminara no ha recordado cuánto un Padre de la Iglesia (quizá el sumo), santo Tomás de Aquino, dice en favor del teatro.

El Sumo acepta y considera lícito el oficio de actor no encontrando en él nada de diabólico y, por consiguiente, declara expresamente que el teatro no es ilícito ni niega la misma Doctrina Cristiana.

Su Excelencia Reverendísima se complace en poner en su conocimiento que, aunque sea cierto que el episodio relatado por Tertuliano y recordado por el padre Seminara (es decir, aquél de una mujer que, habiéndose dirigido al teatro, fue poseída por el Demonio que la hizo caer en desenfrenado comercio carnal, de modo que al Exorcista que le pedía que abandonara aquel cuerpo el Diablo pudo responderle: «He cogido a esta mujer porque estaba en mi derecho, la encontré en un teatro, o sea, en mi casa»), es verdad igualmente es, si no más, indiscutible y cierto que el actor Genesio, a fines del siglo III *a. C., representando delante del emperador Diocleciano un mimo en el cual se burlaba del Santo Bautismo, fue repentinamente fulminado por la Gracia y súbitamente se convirtió en cristiano. Condenado a muerte, proclamó bien alto su fe y pasó a engrosar el número de los Santos. Pero el padre Seminara ha preferido silenciar este innegable hecho.*

Por tanto, Su Excelencia Reverendísima quiere paternalmente invitarlo a basarse en estas reflexiones suyas sobre santo Tomás y san Genesio en su próximo sermón, para hacer frente de algún modo al desatinado discurso del padre Seminara que, por desgracia, habrá dejado huellas en el ánimo sencillo de los fieles.

¿Quiere además, por caridad cristiana, dirigirse donde la señora Patò para expresarle todo el pesar de S.E. Reverendísima por cuanto ha ocurrido?

Su Excelencia Reverendísima le envía su paternal Bendición.

El Secretario particular de S.E. el Obispo
(Padre Orione La Ferla)

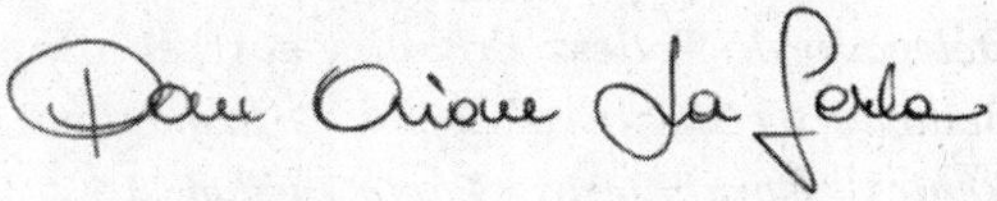

La Gazzetta dell'Isola

Director: Gesualdo Barreca — *Palermo, 1 de abril de 1890*

Una extraña amistad

Era sabido en Vigàta cómo, hasta hace algún tiempo, el Delegado de Policía Ernesto Bellavia y el Mariscal de los Reales Carabineros Paolo Giummàro eran como perro y gato. Su recíproca animosidad era tal que, si se encontraban por la calle, ni siquiera se dignaban a saludarse y cada uno aprovechaba hasta la más mínima ocasión para decir pestes del otro.

Ahora bien, desde que el Delegado y el Mariscal fueron obligados, por órdenes superiores, a trabajar juntos en la indagación de la desaparición del contable Patò, los dos representantes de la Ley en Vigàta, después de aceptar de mala gana la situación, han pasado poco a poco a relaciones menos belicosas, llegando al fin a la más total y cordial complicidad.

Así que ahora es habitual que los vigatenses los vean pasear del bracete y hablando en voz baja, recíprocamente apelándose «querido Ernè» y «querido Paolì».

Del bracete pasean los amigotes, perturbando ora la quietud del palacio Curtò ora la de la Catedral, ora cayendo en casa de respetables ciudadanos ora tomando el rábano por las hojas, pero siempre manteniéndose rigurosamente alejados de las inmediaciones del Banco de Trinacria.

Grand Hotel des Palmes

Palermo, 1 de abril de 1890

Al señor Alcalde
de Vigàta

¡Señor Alcalde!

Mi nombre es Alistair O'Rodd y soy Astrónomo Real de la Corte del Reino Unido de la Gran Bretaña. Mi carta ha sido cortésmente traducida al italiano por nuestro Cónsul en Palermo, el señor Edwyn Mc Farlane.

Han pasado ya dieciocho años desde que la publicación de mi teoría científica sobre el Universo despertó, entre los Académicos y Estudiosos del mundo entero, discusiones y polémicas que muy frecuentemente provocaron tanto la fascinerosa denigración como el entusiasta asentimiento.

Mi teoría, vulgarmente conocida como «Teoría de los intersticios», se inspira en la transformación galileana de las coordenadas del Espacio-Tiempo.

Dentro del continuum Espacio-Tiempo, en el cual el Universo conocido, por así decirlo, flota o mejor fluctúa, hay, como se sabe, precisos intervalos que en la transcripción del sistema son definidos de vez en vez con el signo + (más) o con el signo – (menos). Es extremadamente raro que dos signos del mismo valor coincidan, casi siempre al signo + de la franja temporal corresponde exactamente el signo – de la franja espacial y viceversa.

La pregunta que, desde muy joven, me planteé, fue ésta.

¿Qué ocurre en el continuum en el momento en que entre in-

tervalo e intervalo se forma un intersticio, es decir, la coincidencia de dos signos negativos? Esta coincidencia no puede generar más que un vacío, un intersticio, justamente, que se produce tanto en la franja espacial como en la temporal. A través de cualquiera de estos intersticios sería posible remontarse al Pasado o precipitarse hacia el Porvenir.

Mientras estaba absorto en este problema, quiso el feliz azar que mi mirada cayera sobre un articulito del Scientific *en el cual se contaba un singular incidente ocurrido en Estados Unidos de América durante la Guerra de Secesión, episodio conocido como el de «El hombre que giró en torno a los caballos».*

Se contaba de un soldado sudista, un tal Anthony Patow, quien había sido castigado por su sargento a dar nada menos que quinientas vueltas, corriendo, en torno a diez caballos atados a un mismo palo. Patow no era estimado por sus camaradas y, por tanto, ellos, para mofarse, quisieron asistir a la ejecución de la pena.

Dada la cuadragésima vuelta, dejaron de ver a Patow. Al principio creyendo que era una broma o que su compañero, desplomado, estaba fuera de su perspectiva, tres camaradas se pusieron a buscarlo, pero miraran donde miraran, incluso entre las patas de los caballos, no lo hallaron. Se había desvanecido literalmente en el aire. Los soldados fueron reprendidos por sus Superiores. Aunque mostraran cómo el palo estaba clavado en el centro de una llanura, donde era imposible ocultarse, no les creyeron. No es necesario añadir que nunca más se tuvieron noticias de Patow.

En este episodio encontré apoyo para la lenta destilación que iba haciendo sobre el efecto práctico de mi teoría de los intersticios.

Años después, hojeando por pura curiosidad las crónicas de Sedán, escritas por Marcel Lecoq, descubrí, con tanto estupor como satisfacción, que el 31 de agosto de 1870, es decir, dos días antes de la capitulación de Napoleón III, un soldado francés que había intentado desertar, un tal Antoine Pateau, había sido puesto contra el paredón para ser fusilado. Pero de golpe, bajo los ojos del pelotón de ejecución que apuntaba los fusiles hacia él, literalmente se disolvió en el aire, dejando en el suelo las cuerdas que lo sujetaban.

Ya no tuve ninguna duda. Ésta era la definitiva, la irrefutable ratificación de la exactitud de mi teoría.

El soldado Anthony Patow, al girar en torno a los caballos, había caído en un intersticio espacio-temporal que lo proyectó hacia el Futuro, a tal punto que reapareció en Sedán años después con el nombre de Antoine Pateau para volver a precipitarse en un nuevo intersticio.

Encontrándome en los días pasados en Montelusa para mi arqueológico solaz, supe por un botones del hotel de la desaparición de un tal Antonio Patò mientras actuaba, a la vista de todos, en un espectáculo religioso.

¡De modo que Anthony Patow, cambiando su nombre por el de Antoine Pateau y luego por el de Antonio Patò continuaba (aunque ya no sea con carácter de militar) el ciclo de intersticio en intersticio!

Tras precipitarme a Vigàta, pude examinar con todo detalle parte del escenario y sobre todo de la escalera por la cual Antonio Patò había caído inmediatamente después de su paso por el escotillón.

No tuve ninguna duda, ninguna incerteza: ¡se ha repetido el fenómeno!

Puesto que está demostrado que Patow cayó hacia adelante en el interior del intersticio, ya que reapareció años después como Pateau, también él caído hacia adelante, dado que ha vuelto a presentarse como Patò, es absolutamente esencial conocer si esta última vez Patow-Pateau-Patò ha caído asimismo hacia adelante o se ha precipitado hacia atrás.

En este segundo caso Patò habría interrumpido el ciclo intersticial hacia el Futuro para emprender un ciclo de signo inverso y, por consiguiente, remontarse al Pasado.

Es fundamental conocer esto. Es preciso saberlo.

Bastaría la atenta consulta de los Archivos históricos de la Isla para inferir todos los fenómenos de desaparición ocurridos en el Pasado, en particular de individuos cuyo nombre y apellido suene como Patow (ejemplo: Patù), Pateau (ejemplo: Papò) o Patò (ejemplo: Palò).

Yo le imploro fervientemente, señor Alcalde, y no me esfuerzo en usar anadiplosis, que ponga en marcha esta investigación: ¡se convertiría en un Benefactor de la Ciencia y de la Humanidad!

Los resultados no podrán ser más que positivos. En efecto, si no se descubriera ni el más mínimo rastro de desapariciones anteriores de Patò, esto revelaría que Antonio Patò ha caído también hacia adelante y viaja hacia el Futuro.

Podrá responderme dirigiéndose al Cónsul de Palermo.

Con mis mejores deseos.

Sir Alistair O'Rodd
(Astrónomo de la Corte)

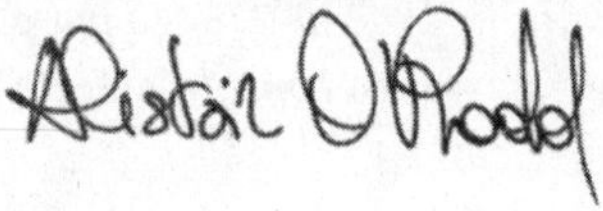

REAL DELEGACIÓN
de POLICÍA
de VIGÀTA

Al señor
Jefe de Policía
Montelusa

Al Capitán
Comandante de los Reales
Carabineros
Montelusa

Vigàta, 1 de abril de 1890

Reg. Nº 218
Objeto: Indagaciones sobre desaparición

Esta mañana hemos sido amablemente convocados en su casa por la señora Elisabetta Mangiafico de Patò.

La señora, que tenía un poco de fiebre como consecuencia del episodio ocurrido en la Catedral el viernes pasado, había sabido de nuestra visita al Doctor Giosuè Picarella, médico de cabecera de su marido.

La señora, a pesar de su estado de salud, se mostraba muy solícita al responder a nuestras preguntas, quizá temiendo que de la desaparición de su marido se siguieran dando explicaciones como la proporcionada por el padre Seminara, prefiriendo ella soluciones más terrenales.

Nos explicó que nos había molestado porque quería revelarnos algo que Patò había preferido mantener oculto al Doctor Picarella.

Desde hacía un mes el contable padecía de insomnio, al punto de tener que solicitarle un somnífero al farmacéutico Lopane. La causa del insomnio debía buscarse, según le había explicado Patò a su esposa, que le había encontrado el frasquito en el bolsillo del abrigo, en la trágica desaparición, ocurrida un mes antes en Palermo, a donde se había dirigido para ver a su hermana, de la señora Rachele Infantino, esposa del Director provincial del Banco de Trinacria, contable Emanuele Cardillo, residente en Montelusa.

Cada sábado por la tarde el contable Patò se desplazaba a la Sede provincial del Banco para referir al Director Cardillo la marcha de la filial. A menudo se hacía tarde y Cardillo invitaba a cenar a Patò. Así que muy pronto la relación de trabajo se convirtió en un lazo de amistad y se hizo usual que Patò, cada sábado por la noche, se quedara a cenar en casa de los Cardillo. También la señora Patò participó en algunas de estas cenas, pero el cuidado de sus hijos era un obstáculo para que asistiera con asiduidad.

Cuando desapareció la señora Rachele Infantino, Patò sufrió mucho y desde aquel momento intensificó las visitas a su amigo Cardillo, ya postrado por una grave enfermedad, para mitigar su amargo dolor.

Ésta era, según la señora Mangiafico de Patò, la causa del nerviosismo de su marido con el consiguiente insomnio en el transcurso del último mes. Él, pese a que su esposa lo había invitado repetidamente a hacerlo, nunca había condescendido a hablar de ello con su médico de cabecera, justificando su negativa con la aseveración de que con el tiempo todo habría pasado.

Este estado de ánimo de su marido, la señora Patò está firmemente persuadida de ello, con seguridad debe de haber contribuido a la pérdida de memoria que ha causado su desaparición.

Aprovechamos la ocasión para preguntarle a la señora si sabía algo de un saco de yute que su marido habría llevado al dirigirse al palacio Curtò para quitarse el traje de calle y ponerse el disfraz. La señora se mostró muy sorprendida: su marido había salido de casa muy temprano para ser puntual, puntilloso y preciso como era nunca habría tolerado llegar con un retraso aunque sea mínimo, pero sin duda no tenía nada en la mano y menos todavía un saco de yute.

De nuestras sucesivas comprobaciones se desprende que:

—Es verdad que el contable Patò había solicitado un narcótico al farmacéutico Lopane.

—Es verdad que el contable Patò había sido el primero en llegar al camerino y que su amigo Lo Forte había advertido el saco de yute.

Pero queremos señalar que el farmacéutico Lopane, mientras estábamos despidiéndonos de él, añadió las siguientes palabras: «Por lo demás no era la primera vez».

Al pedirle una aclaración, nos explicó que desde hacía al menos dos años el contable Patò padecía de insomnio, puesto que ya en el pasado le había pedido ese remedio.

De vuelta a casa de los Patò, le preguntamos a la señora si sabía que su marido padecía de insomnio desde hacía nada menos que dos años y que, por eso, estaba obligado a tomar aquel medicamento desde hacía mucho tiempo y no sólo en el último mes. La señora, pareciéndonos del todo sincera, se cayó de las nubes: nunca había visto a su marido tomando aquella medicina antes de irse a la cama.

¿Por qué motivo Patò mantenía oculto a todos, incluso a su esposa y a su médico, este malestar que no le dejaba pegar ojo?

El Delegado
de Policía
(Ernesto Bellavia)

El Mariscal de los
Reales Carabineros
(Paolo Giummàro)

AYUNTAMIENTO DE VIGÀTA

RESUMEN DEL ACTA DE LA SESIÓN

El Consejo Municipal de Vigàta, reunido en sesión el 2 de abril de 1890, a las 10 (diez) horas de la mañana, escuchada la lectura de la carta enviada por Sir Alistair O'Rodd inherente a la solicitud de llevar a cabo una investigación en todos los Archivos de la Isla para averiguar si en el pasado se han verificado casos de desapariciones misteriosas;

C O N S I D E R A N D O   Q U E

han sido, son y serán demasiadas las desapariciones misteriosas en Sicilia

R E C H A Z A

aunque sea con gran pesar, la solicitud del Ilustrísimo Astrónomo de la Corte del Reino Unido de la Gran Bretaña porque el Ayuntamiento carece totalmente de fondos.

La Gazzetta dell'Isola

Director: Gesualdo Barreca ***Palermo, 2 de abril de 1890***

Un buen consejo

Un lector de Vigàta nos ha enviado una carta, debidamente firmada con la correspondiente dirección, pero que preferimos envolver en el anonimato por razones que serán fáciles de comprender por nuestros lectores, en la cual formula algunas no obvias conjeturas sobre la desaparición del contable Patò.

Las conjeturas del lector vigatense nacen de haber asistido, al día siguiente a la desaparición de Patò, a una escena donde el Cajero jefe del Banco de Trinacria, filial de Vigàta, el contable Vitantonio Tortorici, incitando a grandes voces a un grupo de herreros, hacía cambiar todas las cerraduras del portal de entrada de la filial.

De aquí el lector vigatense deducía que, junto con el contable, habían desaparecido las llaves del portal de entrada y de la caja fuerte.

Avanzando desde este punto bastante sostenido por la luz de la razón, el lector colige dos posibles hipótesis.

La primera sería que el contable Patò, aprovechando la confusión general, fue secuestrado, armas en mano, por desconocidos malvivientes para apoderarse de las llaves de la filial con el fin de entrar de noche en ella a su antojo y con toda comodidad, realizando un robo de títulos negociables o de dinero, desde luego rentable.

La segunda hipótesis, con seguridad mucho más sutil e interesante, supone que el contable fue del todo consenciente a un simulado secuestro que habría permitido a los desconocidos (desconocidos para nosotros, no desde luego para el contable Patò ni para quien haya ideado y concertado el plan) poner en escena un robo falso y real al mismo tiempo.

Sí, porque junto con el dinero custodiado en la caja fuerte (destinado desde luego como recompensa a los ladrones), habrían debido desaparecer todos los papeles comprometedores para el Banco de Trinacria, comprobantes de los negocios de algún poderoso político de Montelusa y alrededores.

Pero algo, durante el camuflado secuestro, no debe de haber funcionado como Patò y sus amigos esperaban.

Nosotros no nos sentimos en condiciones de suscribir ninguna de las dos hipótesis.

El contable Vitantonio Tortorici podría fácilmente rebatir que el cambio de las cerraduras de la filial no ha sido más que un normal, y debido, acto de precaución. Y nosotros no podríamos dejar de darle la razón.

Pero los dos amigotes que merodean por las calles de Vigàta teniéndose afectuosamente del bracete y fingiendo desarrollar las más cuidadosas indagaciones, nos referimos al Delegado de Policía y al Mariscal de los Reales Carabineros, ¿es posible que no se atrevan ni siquiera a acercarse a las proximidades de la filial de Vigàta del Banco de Trinacria?

Salvo que les hayan impartido órdenes desde Arriba de mantenerse alejados del intocable Banco, venga, amigotes, dirijan sus pasos en la dirección correcta.

Es un buen consejo que les damos.

REAL DELEGACIÓN
de POLICÍA
de VIGÀTA

Al señor
Jefe de Policía
Montelusa

Al Capitán
Comandante de los Reales
Carabineros
Montelusa

Vigàta, 2 de abril de 1890

Nº Reg. 219
Objeto: Informe sobre desaparición

Si Sus Señorías Ilustrísimas quieren hacernos el favor de tener a la vista las dos plantillas anejas al informe de fecha 30 de marzo del c.a., y ante todo la planta designada como Anexo 1, podrán seguir fácilmente nuestros razonamientos sobre la desaparición del contable Patò.

1) Hipótesis de la pérdida de memoria.

Según la señora Mangiafico de Patò, y con ella muchos otros ciudadanos de Vigàta, el contable, al precipitarse sobre la escalera subyacente al escotillón (2), inclinándose, porque de otro modo la cabeza y buena parte del busto habrían quedado expuestos a la vista de los presentes, se golpea con violencia la frente o la nuca y cae desplomado, quedando exánime en el foso.

Una vez recuperada la conciencia, algunos minutos después, sale del foso tambaleante y amnésico. Luego, al pasar por detrás del Guardia municipal Alfio Salamone (17a), se encamina sin ser visto por el Vico Re Ruggero, donde se pierde, o bien hace lo mismo, pero pasando por detrás del Guardia municipal Ignazio Clemente (17c) para perderse esta vez por la Via dell'Unità.

Todo esto sería lógicamente posible si no fuera por la desaparición del traje y los zapatos del contable.

Dado que es verdad que la ropa y los zapatos no fueron robados, la reconstrucción de la desaparición del contable por pérdida de memoria nos muestra al contable que, salido de abajo del palco completamente desmemoriado después de la caída, no obstante recupera brevemente la necesaria lucidez que le permite dirigirse a 16 (véase Anexo 3), quitarse el disfraz, vestirse, guardar el disfraz dentro del saco de yute y aquí, perdiendo de nuevo ese momento de lucidez, salir otra vez y, pasando por detrás de 17a (o de 17c), esfumarse en 14 (o en 15).

Esta reconstrucción parece totalmente inverosímil.

¿Acaso es posible que nadie lo haya visto en sus idas y venidas?

¿Acaso es posible que una pérdida de memoria tenga la evolución que acabamos de describir, es decir, un continuo ir y venir?

2) Hipótesis del secuestro.

Un hombre (al que de ahora en adelante llamaremos el secuestrador), llegando de 14 (o

15) y pasando por detrás de 17a (o de 17c), llega a la chácena y se arrastra hasta el foso (cosa muy fácil de hacer).

En cuanto el contable Patò, terminada su escena, baja por la escalera del foso, tropieza con el secuestrador, quien, amenazándolo con un arma, lo obliga a precederlo a 16.

Puede pensarse que, una vez salido del foso, el secuestrador haya metido el arma en el bolsillo, pero siempre apuntada contra Patò, con el fin de no despertar la alarma si se hubieran encontrado con alguien.

Llegados a 16, el secuestrador hace que el contable se quite el disfraz, lo compele a ponerse su ropa, mete el disfraz de Judas en el saco y luego, siempre amenazándolo, lo obliga a pasar con él por detrás de 17a (o de 17c) tomando, en el primer caso, por el Vico Re Ruggero o, en el segundo, por Via dell'Unità.

Estimamos que el secuestrador iba vestido de paisano y no de campesino para que, si hubiera sido observado por alguien durante la puesta en práctica de su plan, el hecho de estar junto al contable no despertara sospechas.

Pero la cosa no nos convence.

El plan es demasiado complicado y peligroso, en todo momento corre el riesgo de ser echado a rodar por un encuentro casual. Un eventual rapto del contable habría sido más seguro y fácil de poner en práctica en ocasiones más propicias.

Y debe excluirse que el rapto se haya realizado para cobrar un rescate. La señora Mangiafico de Patò, que cuenta con un considerable patrimonio, nos ha jurado que no ha recibido solicitud alguna. Y si hubiera habido una solicitud, quizá dirigida a un pariente o allegado, esto se habría ampliamente sabido por *opera vox populi*.

Entonces, ¿cuál es la posible razón del secuestro?

Desde luego no la estrambótica aparecida esta mañana en *La Gazzetta dell'Isola*: si querían hacer desaparecer papeles comprometedores podían hacerlo como y cuando quisieran sin recurrir a modos tan llamativos.

El Delegado
de Policía
(Ernesto Bellavia)

El Mariscal de los
Reales Carabineros
(Paolo Giummàro)

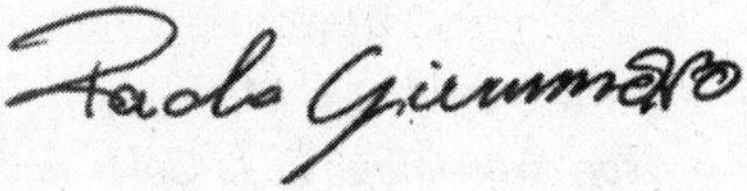

Sir Michael Christopher Enscher

Buckingham Palace, 2 de abril de 1890

Al señor Alcalde
de
Vigàta

¡Ilustrísimo señor Alcalde!

Mi nombre es Michael Christopher Enscher y tengo el honor de ser Arqueólogo de la Corte de Su Majestad Británica.

Hablo y escribo vuestra lengua porque mi madre era italiana, de soltera Piovasco di Rondò, prima de la Princesa Imelda Sanjust degli Orticelli.

Desde los primeros días de marzo estuve en Vigàta, magníficamente hospedado por mi amigo el Marqués Simon Curtò di Baucina, con la intención de examinar las teselas de vuestro bellísimo Templo de la Concordia.

Por eso estuve viendo la representación de la Muerte *(¿se dice así?). Después supe por mi amigo el Marqués Curtò que el señor que hacía el papel de Judas había desaparecido, puesto que no había vuelto a su casa.*

Según el señor Marqués Curtò fue secuestrado por bandoleros, dado que su señora esposa es muy rica.

La cuestión no me interesó más hasta que, al salir del palacio para ir al Templo, vi, cosa para mí inesperada, a Sir Alistair O'Rodd, quien examinaba una construcción en madera que había sido colocada delante del palco, que no había visto antes. En la

Corte, en Londres, son proverbiales los enfrentamientos entre Sir Alistair y yo, porque pienso que es sólo un gran farsante.

Entonces volví a entrar en el palacio e hice que me dieran un catalejo y vi claramente cuál era el objeto que interesaba a Sir Alistair.

Cuando finalmente se fue, la escalera, que éste era el objeto, permaneció allí largamente así que pude reproducirla en un dibujo.

Por la noche, en la mesa, mientras comía, pregunté cómo funcionaba exactamente el escotillón por el cual yo mismo había visto desaparecer con un bello efecto al actor que hacía de Judas. El Marqués Simon me explicó que hasta cinco años atrás, o algo más, el escotillón era abierto por un hombre que estaba debajo del palco. La señal de apertura del escotillón la daba Judas golpeando el pie tres veces, al tercero, el encargado, manteniéndose a distancia del actor cayente, tiraba de una larga cuerda que abría el escotillón levantando una barra de hierro. Cuando los señores empezaron a interpretar los papeles, debajo del escotillón se puso una escalera para evitar que el actor al caer se hiciera daño. Sin embargo, el señor Patò, la primera vez, se torció un tobillo. Entonces se modificó la forma de la escalera hecha por el señor carpintero.

Se trata de una plataforma exactamente cuadrada, como un cubo de madera, cubierta de madera por los seis lados, por consiguiente, como una gran caja, con una altura de 1,10 m del suelo y 1 metro por lado. Los peldaños están situados sólo sobre tres lados.

La plataforma superior está cubierta de tela acolchada con paja para atenuar el ruido de las caídas y también para evitar hacerse daño al caer.

Aquella noche la pasé en vela estudiando los dibujos de la escalera y, al amanecer, llegué a la terrible conclusión que ahora le explico.

Antes de escribirle los resultados de mi investigación, quise regresar a Londres para releer algunos volúmenes difíciles de encontrar.

¡Señor Alcalde!

Quien construyó la escalera no sabía que había construido una escalera peligrosamente similar a la inventada, y de la cual se ha hablado ampliamente en el British, *el* Scientific *y otros, por el gran matemático Roger Penrose.*

¡Se trata de una escalera perniciosa y mortífera!

Cuando fue colocada debajo del escotillón en el foso, la escalera prácticamente no era nociva. En efecto, durante los ensayos, la escalera nunca reveló su criminalidad y el señor Judas no desapareció.

Pero en el espectáculo, después de la caída a través del escotillón, Judas, al caer, debe de haber desplazado con el pie, sin darse cuenta, la inclinación del primer peldaño quizá no bien fijado con los clavos.

¡Qué terrible!

Fue suficiente este pequeño desplazamiento para que la escalera se volviera igual a la escalera de Penrose, que es como la ejecución práctica de una horrible pesadilla. Quien está encima de ella y da el primer paso para bajar, está destinado a bajar siempre por la misma escalera sin tener ya la posibilidad de volver a subir.

Por consiguiente, mi idea es que el señor Judas aún está bajando.

¡Señor Alcalde!

¿Cómo hacer para hacer regresar al señor Judas?

Mi idea es intentar un experimento que, sin embargo, no estoy seguro de si dará un buen resultado.

Se aconseja que en uno de los próximos viernes se vuelva a hacer la Muerte *(¿se dice así?) exactamente delante del mismo público y con los mismos actores. El escenario debe tener las mismas dimensiones y debe estar donde estaba el anterior.*

Un actor, de la misma complexión, altura y peso, igual hasta el último centígramo, que el Judas desaparecido deberá sustituirlo hasta que el escotillón se abra, pero sin caer dentro de él.

En el mismo preciso punto en que estaba la escalera anterior debe haber otra construida expresamente según un diseño mío que estoy dispuesto a mandarle, que es la escalera de Penrose invertida, donde quien la usa está obligado a subir siempre.

En ese momento, debería verse reaparecer al Judas desaparecido.

Quedo a su disposición para cualquier aclaración.

Usted puede dar su respuesta poniéndose en contacto con el Marqués Simon Curtò di Baucina.

Sir Michael Christopher Enscher

Real Ministerio
del Interior
El Subsecretario de Estado

Al Excelentísimo
Comendador Liborio Bonafede
Jefe de Policía de
Montelusa

Roma, 3 de abril de 1890

Excelentísimo Comendador:

El padecimiento que me atormenta, el duro cilicio que me corroe ha llegado hasta mis vísceras, precipitándome en una perniciosa depresión.

¿Hasta cuándo seré constreñido a beberme el amargo cáliz?

Desde que en el día del Dolor para todos los Creyentes, en el triste y deplorable Viernes Santo, desapareció mi dilecto sobrino, no encuentro paz, toda panacea me es negada, aunque las actividades gubernativas intenten, ¡en vano!, distraerme de esta fijación.

Bien sé cómo los investigadores, tan brillantemente dirigidos por usted, se afanan de manera que sólo puede definirse como atinada y, sin embargo, Excelentísimo, dígnese a prestar benévola audiencia a mi lamento, a mi suplicante imploración y deme, pronto, una novedad resolutoria y feliz, o bien, ¡Dios no lo quiera!, infausta. Cualquier cosa, créame, salvo arder en este lento fuego, o, si lo prefiere, ¡este lento hundirse en un pantanoso légamo!

¡Una respuesta cualquiera!

Al menos serviría para imponer una mordaza a quienes se alimentan de la cotidiana mendacidad expandiendo en mi contra, por pura aversión política, un maloliente hedor.

Le reitero mi confiado agradecimiento.

El Subsecretario de Estado
(Senador Gran Oficial Artidoro Pecoraro)

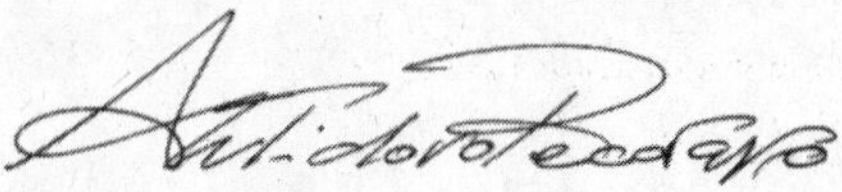

P.S.

Precisamente ayer conseguí disuadir a S.E. el Ministro de que promoviera una inspección (pura formalidad, ¡se entiende!) en la Jefatura de Policía de Montelusa que usted egregiamente preside.

En momentos como éstos, usted no debe padecer preocupación alguna.

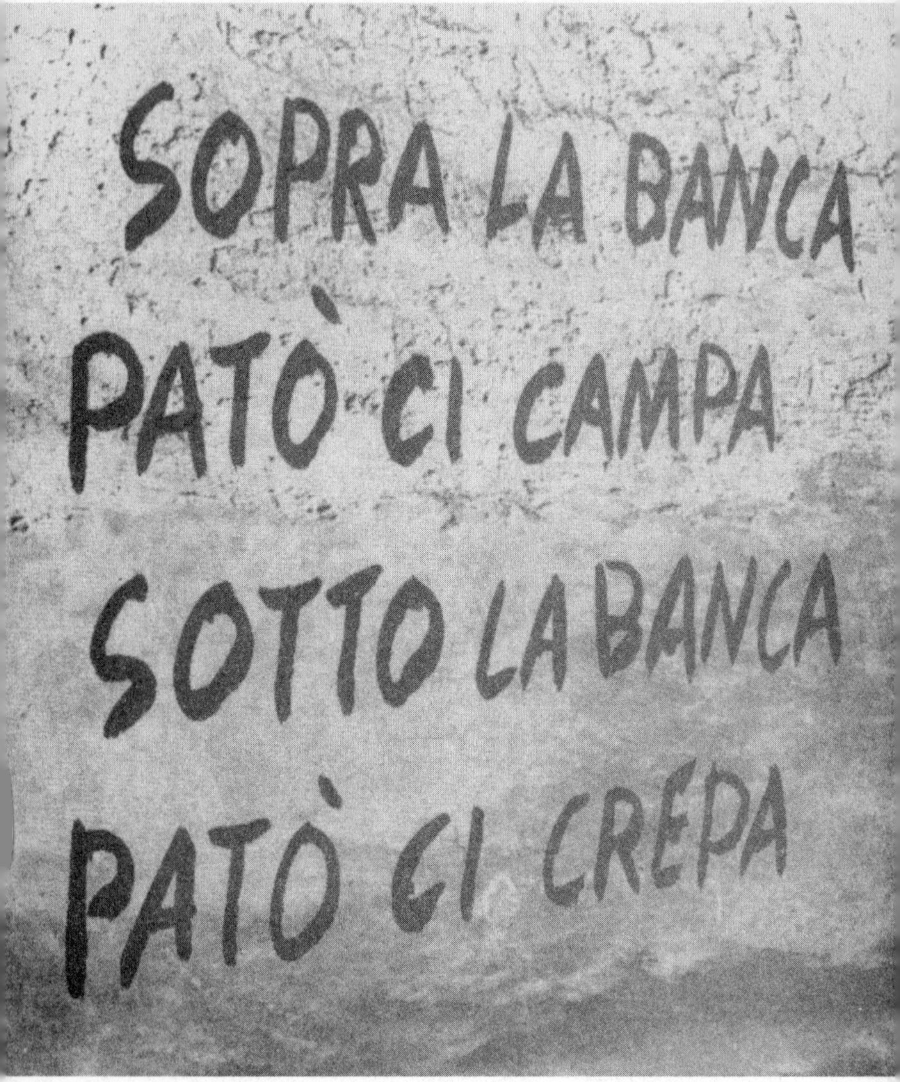

(Pintada anónima aparecida en la pared de una casa de Vigàta en la mañana del 3 de abril de 1890)

Puesto de los Reales Carabineros de Vigàta

Al Capitán
Comandante de los Reales
Carabineros
Montelusa

Al señor
Jefe de Policía
Montelusa

Vigàta, 3 de abril de 1890

Objeto: Indagación sobre desaparición
Nº Reg. 323

Gracias a nuestras preguntas hemos sabido del padre Gesuino Albanese, asistente del Arcipreste padre Spiridione Randazzo, lo siguiente:

Que el mismo padre Gesuino había proporcionado al contable Patò el famoso saco de yute en la tarde anterior a la representación, a petición suya.

Patò justificó la solicitud del saco asegurando que debía hacer arreglar una manga del disfraz que le apretaba dificultándole el movimiento.

Le dijo al padre Albanese que era fácil de solucionar, dado que al día siguiente por la mañana debía venir a su casa una modista para un vestido de su esposa.

Obtenido el saco, introdujo el disfraz y se marchó.

Desplazados a casa de la señora Mangiafico de Patò e interrogada al respecto, declaró lo siguiente:

Que nunca había visto a su marido entrando en casa con un saco de yute con el disfraz de Judas.

Que nunca le había hablado de la manga que le apretaba.

Que no había tenido, desde hacía al menos dos meses, necesidad de que la modista viniera a su casa.

En nuestra opinión, es posible pensar, en cambio, lo siguiente.

El contable dice que se lleva a casa el disfraz en el saco de yute, pero en cambio lo lleva a la filial del Banco de Trinacria donde, al estar cerrada la filial por la tarde y por eso vacía, puede ponerse el disfraz y repasar con calma su papel, cosa que necesitaba hacer.

De hecho, el contable Lo Forte, interrogado expresamente por nosotros, nos dijo lo siguiente:

Que a pesar de que interpretaba aquel papel desde hacía años, esta última vez el contable Patò parecía sufrir fuertes fallos de memoria, por los que con frecuencia se olvidaba de lo que debía decir como Judas.

Pero dado que en el momento de la representación actuó muy bien, puede pensarse que repasó el papel en otra parte.

¿Y dónde sino en la tranquilidad de la filial desierta?

Desde luego no podía hacerlo en su casa, donde están sus hijos, que hemos tenido ocasión de constatar que son muy revoltosos.

Pero si las cosas están así, entonces nos preguntamos lo siguiente.

Si el saco de yute contenía sólo el disfraz de Judas, una vez que el contable se lo había puesto para actuar, dicho saco, durante la representación, debía de estar lógicamente vacío.

Pero ¿por qué el secuestrador, una vez en el cuarto, tras hacer que el contable se pusiera su ropa de paisano, volvió a guardar el disfraz dentro del saco, exactamente como había hecho el contable?

¿Y por qué llevárselo con él en vez de dejar disfraz y saco tirados dentro del cuarto?

El Mariscal de los
Reales Carabineros
(Paolo Giummàro)

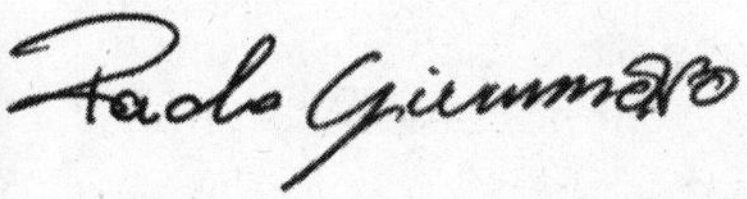

El Delegado
de Policía
(Ernesto Bellavia)

Real Jefatura de Policía de Montelusa

El Jefe de Policía

Al delegado de Policía Montelusa y p.c. Al mariscal de los Reales Carabineros Montelusa

Montelusa, 4 de abril de 1890

Nos hemos dicho, el Capitán de los Reales Carabineros y yo, que si fuéramos llamados a expresar nuestra opinión respecto de los artículos que va publicando sobre ustedes dos «La Gazzetta dell'Isola», honestamente no sabríamos qué partido tomar.

En efecto, no nos sentiríamos en condiciones de desmentirlos considerando que de sus informes claramente se evidencia cómo sus relaciones personales se van haciendo cada vez más amistosas.

Sus firmas al pie, al principio tan distantes, se han ido acercando hasta parecer el festivo anuncio de una próxima boda, tan amorosamente apareadas están.

¡Ea! Es bueno que estén en amor y compañía, como suele decirse, pero nunca deben perder de vista que una sana y recíproca confrontación es la premisa indispensable de una síntesis final que selle el éxito de la indagación.

Ese éxito que está tardando demasiado.
Y yo soy apremiado por las altas esferas.
Esperamos lo antes posible sus conclusiones.

El Jefe de Policía de Montelusa
(Liborio Bonafede)

La Gazzetta dell'Isola

Director: Gesualdo Barreca **Palermo, 5 de abril de 1890**

Enhorabuena y felicitaciones

Con placer nos hemos enterado de que el contable Emanuele Cardillo, Director Provincial en Montelusa del Banco de Trinacria, del que hemos tan frecuentemente hablado en nuestras páginas, ha vuelto al servicio después de más de un mes de ausencia por enfermedad.

Su salud, ya comprometida desde hace dos años por aquella que el vulgo denomina «enfermedad del sueño» (es conveniente que el responsable provincial de un banco duerma de vez en cuando), había sido posteriormente sacudida por la desaparición de su esposa, ocurrida en Palermo, y desde luego tampoco ha ayudado la recentísima desaparición de su más fiel amigo, el contable Antonio Patò.

Pero nuestro Cardillo es un hombre de carácter.

Quien tanto ha contado con el Banco de Trinacria para actuar según sus conveniencias electorales y políticas podrá dormir tranquilo: todo seguirá como antes.

Al contable Emanuele Cardillo, enhorabuena y felicitaciones.

REAL DELEGACIÓN
de POLICÍA
de VIGÀTA

Al señor
Jefe de Policía
Montelusa

Al Capitán
Comandante de los Reales
Carabineros
Montelusa

Vigàta, 5 de abril de 1890

Nº Reg. 220
Objeto: Indagación sobre desaparecimiento

Deseamos señalar un error cometido varias veces por nosotros en el encabezamiento de los informes.

Por tanto, éstos deben corregirse de la siguiente manera:

Objeto: Informe sobre desaparecimiento.

En consecuencia, debe borrarse la palabra «desaparición» y sustituirse por «desaparecimiento».

El Delegado
de Policía
(Ernesto Bellavia)

El Mariscal de los
Reales Carabineros
(Paolo Giummàro)

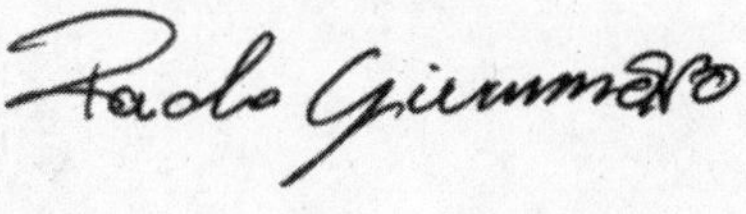

AYUNTAMIENTO DE VIGÀTA

RESUMEN DEL ACTA DE LA SESIÓN

El Consejo Municipal de Vigàta, reunido en sesión extraordinaria el 6 de abril de 1890, a las 10 (diez) horas de la mañana, escuchada la lectura de la carta enviada por Sir Michael Christopher Enscher, quien, después de haber planteado una teoría sobre la desaparición del contable Patò, propone un sistema de incierto resultado para hacer reaparecer al desaparecido;

C O N S I D E R A N D O Q U E

la empresa sugerida por Sir Enscher parece en verdad complicada y costosa;

R E C H A Z A

la propuesta lamentándolo mucho porque el Ayuntamiento carece totalmente de fondos.

Comandancia
Provincial
de los Reales
Carabineros
Montelusa

¡URGENTE!!
DESPACHO EN MANO

Al Mariscal
Paolo Giummàro

Sus chascarrillos léxicos no son dignos de la seriedad del Arma.
Póngase en contacto con esta Comandancia mañana por la mañana a las 8 (ocho).

Por el Capitán
Comandante
Ten. Loffredo

Loffredo

REAL
JEFATURA DE
POLICÍA
DE MONTELUSA

¡URGENTE!!
DESPACHO EN MANO

Al Delegado de Policía
Vigàta

Lo espero mañana por la mañana sin falta a las diez horas, así tendremos ocasión de hablar de sinónimos y de contrarios.

No es precisamente el momento de hacer bromas.

Por el Jefe
de Policía
de Montelusa
Antonio Camarro

3

PRIMERA Y SEGUNDA CONCLUSIÓN

Puesto de los Reales Carabineros de Vigàta

Al señor
Teniente Carlo Loffredo
Comandancia provincial
de los Reales Carabineros
Montelusa

Vigàta, 8 de abril de 1890

Objeto: Solicitud de permiso
Nº Reg. 324

Me veo constreñido a pedir un permiso de 24 (veinticuatro) horas a partir de mañana 9 de abril del c.a. por lo siguiente:

Asuntos propios urgentes.

Con mi mayor consideración.

El Mariscal de los Reales Carabineros
(Paolo Giummàro)

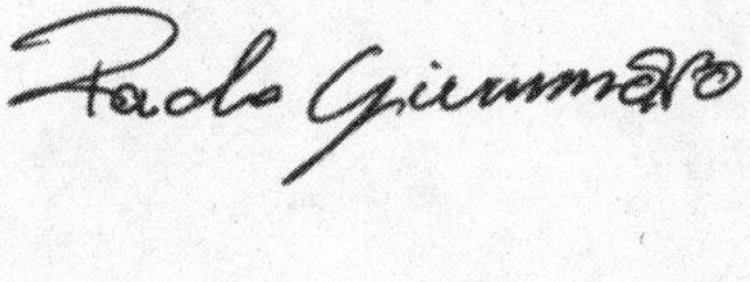

REAL DELEGACIÓN
de POLICÍA
de VIGÀTA

Al señor Jefe de Policía
Montelusa

Vigàta, 8 de abril de 1890

Nº Reg. 221
Objeto: Solicitud de permiso

Me veo constreñido a pedir un permiso de 24 (veinticuatro) horas por tener que partir mañana por la mañana hacia Palermo por graves motivos familiares. Seguro de su comprensión,

El Delegado de Policía
(Ernesto Bellavia)

Ernesto Bellavia

REAL JEFATURA DE POLICÍA DE MONTELUSA

EL JEFE DE POLICÍA

Al delegado
de Policía
Vigàta

y p.c. Al mariscal
de los Reales
Carabineros
Vigàta

Montelusa, 9 de abril de 1890

No satisfechos con la severa reprimenda a propósito de sus inútiles escrúpulos léxicos infligida tanto por el Capitán Comandante de los Reales Carabineros como por mí, nos hemos percatado de que han recurrido a una estratagema tan trivial como torpe para obtener un permiso de veinticuatro horas que les ha sido con toda generosidad acordado a pesar del espantoso retraso en las indagaciones sobre el caso Patò.

Ustedes han presentado la solicitud de permiso por separado, el Mariscal a su Superior, el Delegado a mí, con la esperanza de que no saliera a la luz la coincidencia que han intentado mantener oculta.

¿Se han ido a gandulear por Palermo? Esperamos que se hayan divertido, porque es la última vez que ocurre.

Ésta es nuestra orden:

Las indagaciones sobre el caso Patò quedan

irrevocablemente cerradas dentro de 10 (diez) días a partir de hoy.

Sea como fuere que termine la indagación, serán sometidos a encuesta disciplinaria.

El Jefe de Policía de Montelusa
(Liborio Bonafede)

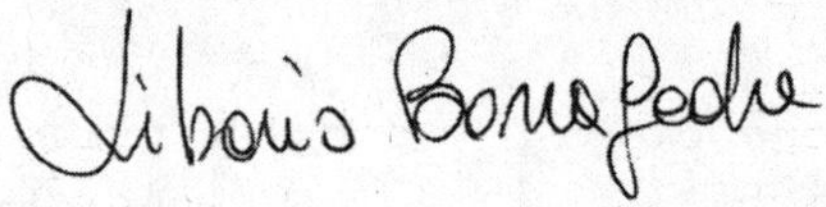

REAL DELEGACIÓN
de POLICÍA
de VIGÀTA

Al señor
Jefe de Policía
Montelusa

Al Capitán
Comandante de los Reales
Carabinero
Montelusa

Vigàta, 10 de abril de 1890

Nº Reg. 222
Objeto: Indagación sobre desaparecimiento

En los últimos días, un informante de confianza nos había referido que el consabido Calogero Pirrello, reconocido capo mafioso en cuya corte se encuentra alineado Gerlando Ciaramiddaro (véanse nuestros informes precedentes), habría proferido, sintiéndose al abrigo de oídos indiscretos, la siguiente frase amenazante: *Si lu trovanu vivu, ci pensu io a ammazzarilu*.

(Si lo encuentran vivo, ya pensaré yo en matarlo.)

Quedaba inmediatamente claro para todos que Pirrello se refería al contable Patò y, por consiguiente, muy interesados, dábamos instrucciones al informante para que nos refiriese cuanto pudiera averiguar sobre los motivos del resentimiento de Pirrello.

Ahora bien, con fecha de hoy, el informante ha venido a contarnos una historia que, de ser verdadera y probada, enriquecería con nuevos e imprevistos elementos nuestra indagación.

Parece que el jueves 20 de marzo del c.a., acabados los ensayos de la *Muerte*, Pirrello, al ver que el contable Patò abría el portal del Banco, se presentaba diciéndole al contable que tenía en el bolsillo una considerable suma de dinero que quería depositar.

El contable le hizo notar que la filial estaba cerrada: en efecto, no había ningún empleado.

Ante la insistencia de Pirrello, Patò le hizo una propuesta: guardar provisionalmente la suma en la caja fuerte del Banco. Cuando el Cajero jefe, contable Vitantonio Tortorici, retomara el servicio pasadas las Fiestas, la suma le sería regularmente ingresada en su cuenta.

Pirrello aceptó, dado que desde hace tiempo tenía relaciones bancarias con Patò y confiaba en él. El contable le expidió un recibo provisional.

No obstante, ante la noticia del desaparecimiento de Patò, Pirrello empezó a albergar algunas dudas.

Desplazado a la filial para confirmar el ingreso, oyó que el contable Tortorici le respondía no sólo que Patò no le había entregado el dinero para el ingreso, sino que en el interior de la caja fuerte no había rastro alguno de la suma que Pirrello sostenía que debía estar allí, puesto que le pertenecía.

En este punto Pirrello decidió fingir que no pasaba nada.

Desde luego, habría podido mostrar el recibo expedido por Patò, pero sabía muy bien que éste no tenía ningún valor legal, al estar desprovisto de cualquier sello. Además, ésta habría sido la confirmación de que se había dejado embaucar por Patò, cosa que lo habría desprestigiado, convirtiéndolo en el hazmerreír de los suyos.

El contable Vitantonio Tortorici, ante nuestras preguntas, corroboró la visita de Pirrello a la filial.

Pero Tortorici plantea una conjetura que hay que tomar en consideración.

Según él, la entrega de esa suma nunca se produjo, porque el procedimiento habría sido extremadamente irregular y el contable Patò nunca se habría prestado a algo incorrecto.

Siempre según él, la de Pirrello no es más que una intentona de sonsacarle cuartos al Banco aprovechándose de la situación de malestar en la que se encuentra la filial por la desaparición de su Director.

En apoyo de su tesis, aporta el hecho de que Pirrello no quiso enseñarle el recibo provisional firmado por Patò: esto le hace suponer su inexistencia.

Pero Pirrello puede no haber querido enseñárselo por la razón que antes se ha dicho.

El Delegado
de Policía
(Ernesto Bellavia)

El Mariscal de los
Reales Carabineros
(Paolo Giummàro)

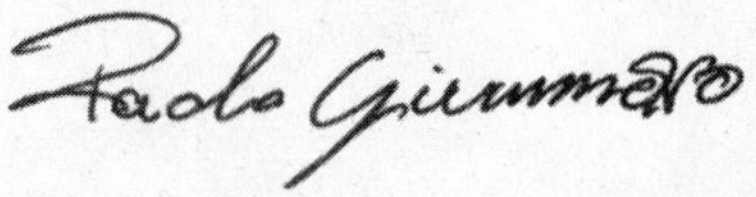

REAL DELEGACIÓN de POLICÍA de VIGÀTA

Al delegado
de Policía
Vigàta

y p.c. Al mariscal
de los Reales
Carabineros
Vigàta

Montelusa, 11 de abril de 1890

Para su oportuno conocimiento, les adjunto copia de la carta dirigida a nosotros por el Capitán Arnoldo Mangiafico, cuñado del contable Antonio Patò.

De cuanto de ella se deduce, no satisfechos con sus profundos estudios léxicos, ahora se han consagrado a la literatura y al teatro.

¿Para cuándo la brillante licenciatura?

El Jefe de Policía de Montelusa
(Liborio Bonafede)

Es copia

Al Comandante de los Reales Carabineros
Capitán Arturo Carlo Bosisio
Montelusa

Al señor Jefe de Policía
Comendador Liborio Bonafede
Montelusa

Caltanissetta, 11 de abril de 1890

¡Señores!

No pasa un día sin que el Delegado de Policía de Vigàta y el Mariscal de los Reales Carabineros, después de haber zumbado como moscones por los alrededores de la vivienda de mi hermana, Elisabetta Mangiafico de Patò, no acaben por entrar en casa de ella, donde se instalan.

Ellos, sin compasión alguna por el estado de acongojada angustia en el que se encuentra la pobrecilla, la extenúan a preguntas, deteniéndose en bagatelas superfluas y aplazando otras preguntas quizá más pertinentes.

Y valga un ejemplo.

No hace mucho le preguntaron a la infeliz si su marido se deleitaba leyendo novelas, y cuáles. Al recibir una desdeñosa respuesta negativa (también yo puedo testimoniar que mi cuñado, hombre serio y de altos valores morales, aborrecía semejantes lecturas indecorosas), los dos insistían con que si solía asistir, en los días navideños, a la representación del popular espectáculo denominado *La Pastoral*.

Habiendo recibido esta vez una respuesta positiva, ¡se intercambiaron miradas de complicidad como si asistir a dicha representación fuera una grave culpa!

Referiré a quien corresponda, en Roma, este comportamiento.

Saludos.

Capitán Arnoldo Mangiafico

Al señor Mariscal de los Reales Carabineros
Paolo Giummàro
Puesto de los Reales Carabineros
Vigàta

Montelusa, 12 de abril de 1890

Esclarecidísimo Mariscal:

Si entendí correctamente el sentido de su cortés billete, usted me plantea tres preguntas distintas a las que tengo el placer de responder.

** Sí, he asistido a la última representación de* La Pastoral *en Vigàta y estoy dispuesto a hablarle de ella. Y no sólo de ésa, sino también de las anteriores.*

** Sí, puedo ilustrarlo sobre algunas de las innumerables variantes del texto, brotadas de la fantasía popular.*

** Usted puede venir a verme incluso mañana por la mañana con el Delegado de Policía, como amablemente me solicita.*

Perdone la curiosidad: si está investigando la desaparición del contable Patò, ¿por qué se interesa tanto por La Pastoral *que no tiene nada que ver con la* Muerte?

Correspondo a sus saludos.

Profesor Federigo Consolato

Profesor Doctor Caballero
Emerico Notarbartolo

Especialista en enfermedades africanas

Director de la clínica San José

Al señor
Ernesto Bellavia
Delegado de Policía
Vigàta

Montelusa, 12 de abril de 1890

Señor:

Respondo a su misiva.

Sí, soy el autor de la ponencia titulada «Inexplicable curación de la infección por tripanosoma gambiano» presentada en el «Congreso sobre las enfermedades africanas».

Dicha ponencia fue mencionada en distintos periódicos y, entre otros, también en La Gazzetta dell'Isola *con un breve artículo por desgracia no exento de errores, y que es al que usted se refiere.*

En el caso de mi paciente de Montelusa, citado en la ponencia, se produjo una singular anomalía en la aparición de la enfermedad: de hecho, aquí no se hallaban manifestaciones típicas como tumefacción difusa de los ganglios linfáticos o accesos febriles, no, aquí el paciente sufría de una progresiva somnolencia que le impedía, entre otras cosas, el desarrollo de su trabajo habitual.

Usted quizá ignore que la posterior evolución de la enfermedad consiste en violentos ataques de asma a los que de costumbre sigue un coma mortal.

Por desgracia, las terapias habituales practicadas con él no daban ningún resultado.

Un día, sin preaviso alguno, los trastornos de somnolencia desaparecieron de la noche a la mañana como consecuencia de un violento trauma sufrido por el paciente, es decir, la dramática desaparición de su esposa.

El sentido de mi ponencia consistía justamente en esto: ¿puede una emoción fortísima detener el curso de una enfermedad?

En cuanto a la última pregunta, usted comprenderá que me resulta imposible dar el nombre del paciente, me lo impide la deontología profesional.

Puedo, como máximo, no confirmar ni desmentir el nombre que usted me da.

Un cordial saludo.

Prof. Dr. Cab. Emerico Notarbartolo

Puesto de los Reales Carabineros de Vigàta

Al Capitán
Comandante de los Reales Carabineros
Montelusa

Al señor
Jefe de Policía
Montelusa

Vigàta, 12 de abril de 1890

Objeto: Indagaciones sobre desaparecimiento
Nº Reg. 325

Nos hemos desplazado a Montelusa para interrogar al contable Emanuele Cardillo, Director provincial del Banco de Trinacria, en relación a las reuniones que cada sábado por la tarde y por la noche tenían lugar en Montelusa entre el susodicho y el contable Patò.

Con enorme cortesía, el contable Cardillo nos ha dicho lo siguiente:

El contable Patò se presentaba en la Sede de Montelusa sobre las seis de la tarde, trayendo consigo un maletín con los legajos necesarios para el encuentro semanal.

Permanecían en la Sede hasta las 8 de la tarde.

Luego se trasladaban a la casa del contable Cardillo, donde su esposa ya tenía puesta la mesa para la cena.

Comían y luego, como máximo tocadas las diez, el contable se despedía y regresaba a Vigàta.

En este punto el contable Cardillo añadió espontáneamente lo siguiente: Al padecer por entonces la vulgarmente denominada «enfermedad del sueño», no habría podido entretenerse durante más tiempo.

También hemos averiguado que el contable Patò para ir de Vigàta a Montelusa, y viceversa, hacía lo siguiente.

Era propietario de un caballo y de una calesa, que guardaba en el establo de un tal Vincenzo Ingarriga, del que tenía la llave.

Tomando nota, además, de la misiva del Capitán Arnoldo Mangiafico en la cual se afirma que la señora Patò sufre mucho a causa de nuestras visitas, que desde luego no hacemos por placer, hemos establecido lo siguiente:

Que fuera a ver a la señora Mangiafico de Patò sólo el Delegado de Policía, de modo que su fastidio sea al menos demediado.

A su regreso de la visita, el Delegado de Policía refirió lo siguiente:

Que la señora había aseverado con firmeza y repetidamente que su marido nunca regresaba de las visitas del sábado al contable Cardillo antes de las cinco de la mañana.

Al tener la señora el sueño muy ligero, por más que el marido intentara hacer el menor ruido posible, a su regreso se despertaba y poco después oía que el reloj del Ayuntamiento daba las horas. Se señala que dicho reloj toca también los cuartos.

Puesto que el contable Patò siempre justificó sus regresos matutinos con el volumen de trabajo que debía realizar con el contable Cardillo, la señora Mangiafico nunca tuvo motivos de dudas.

Entonces, partiendo de la premisa de que la distancia entre Montelusa y Vigàta puede cubrirse, con una calesa, como máximo en una hora, nuestra pregunta puede resumirse en lo siguiente:

¿Qué hacía el contable Patò en las horas comprendidas entre el abandono de la casa del contable Cardillo (sobre las diez de la noche) y la llegada a su casa (sobre las cinco de la mañana)?

Se trata de nada menos que seis horas, excluida la hora del viaje de regreso.

¿Adónde iba? ¿Con quién se encontraba?

Para su conocimiento.

El Mariscal de los Reales Carabineros (Paolo Giummàro)	El Delegado de Policía (Ernesto Bellavia)

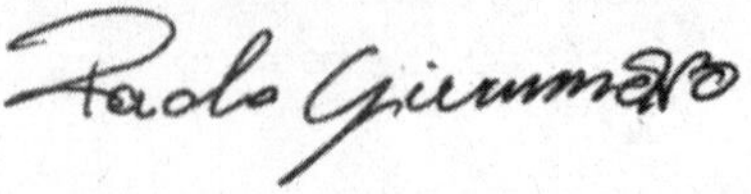

L'ARALDO di MONTELUSA

Gerente: Pasquale Mangiaforte *Domingo, 13 de abril de 1890*

Sólo una sugerencia

Hoy se cumplen veinticuatro días desde la inexplicable desaparición del contable Antonio Patò.

Son muchas las suposiciones, numerosas las estrambóticas conjeturas, demasiadas las insinuaciones, algunas de las cuales verdaderamente viles y calumniosas hacia un conciudadano de preclaras virtudes y de vida intachable.

Y es precisamente para poner fin a esta circulación de rumores que nosotros, respetuosos como siempre hemos sido con el Orden y la Ley, humildemente invitamos a los investigadores, que por desgracia nos parece que dan vueltas siempre sobre el mismo punto (al menos hasta el día de hoy), que den alas a su olfato de sabuesos y a su ojo de águila.

Cuanto antes se resuelva esta dolorosa vicisitud será mejor para todos.

REAL DELEGACIÓN de POLICÍA de VIGÀTA

Al señor
Jefe de Policía
Montelusa

Al Capitán
Comandante de los Reales Carabineros
Montelusa

Vigàta, 13 de abril de 1890

Nº Reg. 223
Objeto: Informe sobre desaparecimiento

Con fecha de hoy hemos interpelado al padre Gesuino Albanese, asistente del Arcipreste padre Spiridione Randazzo, quien nos ha confirmado cuanto habíamos sabido de otras fuentes.

Deseamos informarles que desde el 1º de abril del c.a. los Ferrocarriles han cambiado el horario del tramo Vigàta-Caltanissetta Xirbi, anticipando la partida vespertina en una hora.

Por tanto, el tren ya no parte de Vigàta a las 8 (ocho) sino a las 7 (siete) horas.

Para su conocimiento.

El Delegado
de Policía
(Ernesto Bellavia)

El Mariscal de los
Reales Carabineros
(Paolo Giummàro)

Ernesto Bellavia

Paolo Giummàro

REAL DELEGACIÓN de POLICÍA de VIGÀTA

Al señor
Jefe de Policía
Montelusa

Al Capitán
Comandante de los Reales
Carabineros
Montelusa

Vigàta, 14 de abril de 1890

Nº Reg. 224
Objeto: Indagación sobre desaparecimiento

Esta tarde éramos informados de una violenta riña que había estallado en el bar de vinos conocido como «U zu Tanu».

Dos de nuestros guardias, acudidos a toda prisa, condujeron a la Delegación a los dos responsables de la riña, que estaban bastante bebidos.

Uno de ellos resultaba ser Giovanni Abbate, el fornicador (del que se habla en los informes precedentes tanto del Puesto de los Reales Carabineros como de esta Delegación) que se había introducido furtivamente con una mujer en la Capilla privada del palacio Curtò de Baucina para mantener comercio carnal con ella y cuya visión había provocado el desvanecimiento y la herida de la princesa Imelda Sanjust degli Orticelli. El otro, en cambio, también campesino, se llamaba Calogero Micciché.

Ninguno de los dos tenía antecedentes.

Partimos de la premisa que los campesinos van descalzos o a lo sumo con los denominados «zapatos de pelo» (consistentes en un trozo de cuero plegado en la punta y sujetado con unas pequeñas cuerdas en el tobillo, dejando al descubierto el empeine), poquísimos de ellos, en efecto, pueden permitirse el lujo de un par de botas.

Abbate tenía un par, herencia de su abuelo ex cabo del ejército borbónico, con las suelas herradas, que solía usar en las Fiestas.

Nunca se separaba de ellas, ni siquiera en el curso de la representación de la *Muerte*. Sólo se las quitó en el momento de subir la escalera de acceso a las plantas superiores del palacio (véase punto 9, Anexo 1 del informe nº 216, del 30 de marzo del c.a.), dejándolas a la vista en el primer peldaño que salía del patio.

Abbate temía que las botas hicieran demasiado ruido y alertaran a alguien. Cuando, al huir precipitadamente de la Capilla, quiso volver a ponerse los zapatos, ya no los encontró. De todos modos, debió correr al escenario porque la representación estaba a punto de terminar y su ausencia y la de la mujer habrían sido advertidas.

Desde aquella misma tarde había acusado del robo a Calogero Micciché, también comparsa en la *Muerte*, pero éste siempre se había declarado inocente. A falta de cualquier prueba para sostener su acusación, Abbate, al encontrarse hoy en el bar a Micciché, con la ayuda de algún traguito de vino, se había obstinado cada vez más en llamar ladrón a Micciché, hasta que éste había reaccionado levantando las manos. En este punto pedimos a Micciché que acompañara a nuestro guardia a su casucha. El guardia, a su regreso, manifestó que no había hallado las botas.

En el transcurso del interrogatorio de Abbate y Micciché hemos sabido que se han lamentado algunos robos en el almacén dedicado a camerino masculino de los comparsas (véase punto 7b, Anexo 1 al informe 216, el 30 de marzo del c.a.) y para ser precisos:

Un rubbuni (chaqueta)
Una camisa
Una panzera (chaleco)
Un par de cazuna (pantalones)
Una mèusa (sombrero en forma de bazo)
Un scappularu (capa hasta los pies, con capucha).

Estos robos han provocado numerosas riñas incluso con apuñalamientos de las cuales, sin embargo, no nos han llegado noticias.

Los dos camorristas fueron puestos en libertad después de haber sido severamente amonestados.

El Delegado de Policía (Ernesto Bellavia)	El Mariscal de los Reales Carabineros (Paolo Giummàro)

Puesto de los Reales Carabineros de Vigàta

Al Capitán
Comandante de los Reales
Carabineros
Montelusa

Al señor
Jefe de Policía
Montelusa

Vigàta, 14 de abril de 1890

Objeto: Indagación sobre desaparecimiento
Nº Reg. 326

Continuamos con nuestro informe de hoy para exponer lo siguiente: Por casualidad hemos sabido, gracias al contable Vitantonio Tortorici, Cajero jefe del Banco de Trinacria en funciones de Director de la filial, que en el escritorio del contable Patò, situado en su despacho, hay un cajón cerrado con llave en el que Patò guardaba papeles y objetos personales.

Dicho cajón, del cual sólo Patò tenía la llave, no fue forzado, por una discreción malentendida, por el Inspector General Cammarella cuando fue enviado por la filial para realizar una inspección administrativa en la que encontró que todo estaba en orden.

Estimamos, por tanto, que es indispensable la obtención de una orden de registro, limi-

tada sólo al cajón, con la correspondiente autorización para la incautación de los papeles y objetos contenidos en él.

El Mariscal de los
Reales Carabineros
(Paolo Giummàro)

El Delegado
de Policía
(Ernesto Bellavia)

REAL JEFATURA DE POLICÍA DE MONTELUSA

EL JEFE DE POLICÍA

Al Delegado
de Policía
Vigàta

Al Mariscal
de los Reales Carabineros
Vigàta

Montelusa, 15 de abril de 1890

Les adjuntamos la orden de registro, limitada sólo al cajón del escritorio, con la correspondiente autorización para la incautación.

Intenten actuar con la máxima discreción.

Consintiéndoles el registro, el Capitán Comandante de los Reales Carabineros y yo tenemos la esperanza de dejar de recibir de ustedes informes, absolutamente ajenos a las indagaciones, que hablan de:

- literatura
- cambios del horario ferroviario
- descripción de las botas borbónicas

y ocurrencias semejantes.

Quosque tandem?

El Jefe de Policía de Montelusa
(Liborio Bonafede)

Liborio Bonafede

REAL DELEGACIÓN de POLICÍA de VIGÀTA

Al señor
Jefe de Policía
Montelusa

Al Capitán
Comandante de los Reales Carabineros
Montelusa

Vigàta, 15 de abril de 1890

Nº Reg. 225
Objeto: Aclaración

Hemos recibido la orden de registro y la correspondiente autorización para la incautación.

Pero a los fines de un atento y pronto cumplimiento de las instrucciones emitidas por Sus Señorías Ilustrísimas les comunicamos que no hemos entendido las dos últimas palabras, que a ojo de buen cubero nos parecen latinas, contenidas en la carta recién recibida.

Con nuestra mayor consideración.

El Delegado
de Policía
(Ernesto Bellavia)

El Mariscal de los
Reales Carabineros
(Paolo Giummàro)

Real Jefatura de Policía de Montelusa

El Jefe de Policía

Al Delegado
de Policía
Vigàta

Al Mariscal
de los Reales Carabineros
Vigàta

Montelusa, 16 de abril de 1890

Para su tranquilidad:

Quosque tandem, como con rara inteligencia han entendido, es latín. No es una instrucción, sino sencillamente el inicio de una oración que, en tiempos de los antiguos romanos, un tal Cicerón pronunció contra un tal Catilina. En nuestra lengua, las palabras suenan así: «¿Hasta cuándo, oh Catilina, abusarás de nuestra paciencia?».

La frase, traducida en cambio en términos actuales, suena así: «¿Hasta cuándo, señor Delegado y señor Mariscal, abusarán de mi paciencia y de la del Capitán Comandante de los Reales Carabineros?».

El Jefe de Policía de Montelusa
(Liborio Bonafede)

Puesto de los Reales Carabineros de Vigàta

Al Capitán
Comandante de los Reales Carabineros
Montelusa

Al señor
Jefe de Policía
Montelusa

Vigàta, 16 de abril de 1890

Objeto: Informe sobre registro posterior al desaparecimiento
Nº Reg. 327

En el cajón del escritorio del despacho de la filial de Vigàta del Banco de Trinacria, perteneciente al contable Antonio Patò, hemos encontrado lo siguiente:

Objetos:

Una mascarilla para los bigotes marca Paris
Un linimento para el dolor de espalda
Un par de gafas de oro sin un cristal
Un sacapuntas con mango de nácar
Tres pares de cordones negros para zapatos
Diez frasquitos de medicamentos vacíos con la etiqueta FARMACIA LOPANE
Ocho folios blancos y ocho sobres blancos sin membrete
Una cajita de metal vacía
Cuatro lápices rojos sin punta
Un timbre en seco roto

Una llavecita partida en dos
Una cajita de pastillas de clorato de potasio.
Dos elásticos rojos para mangas
Una pequeña máquina de calcular marca Simplex.

Todos estos objetos, con la excepción de los diez frasquitos, fueron dejados en el cajón por no tener relación con las indagaciones.

Papeles diversos:

Cinco cartas (dentro de sus correspondientes sobres) dirigidas al contable Patò por su esposa, la señora Elisabetta Mangiafico, expedidas desde Siracusa: la señora escribe a su marido desde las vacaciones en casa de una amiga de ella, Agata; habla de la salud de los niños, etc.

Una carta del Capitán Arnoldo Mangiafico para pedirle a su cuñado que intervenga ante el Director provincial de Montelusa para obtener un considerable aplazamiento en la devolución de un cuantioso préstamo a bajo interés.

Dos postales ilustradas, provenientes una de Nápoles y una de Pompeya, escritas al dorso: «Saludos y besos, Antonietta y Carlo».

Otra postal ilustrada firmada por Giorgio proveniente de Catania.

Un telegrama firmado Gaspare anunciando la muerte del tío Nicola.

Un contrato de compra inherente al apartamento donde actualmente reside la familia Patò.

Doce cartillas de impuestos.

Cuarenta recibos de pagos diversos.

Un billete ferroviario para el tramo Vigàta-Caltanissetta Xirbi con continuación para Palermo de fecha 7 de enero de 1889, no utilizado.

Treinta y una cartas con papel y sobre con el membrete ora «Senado del Reino» ora «Ministerio del Interior - El Subsecretario de Estado», todas firmadas por el Senador Pecoraro inherentes a:

— concesiones de créditos bancarios
— concesiones de préstamos
— reducciones de tasas de interés
— aplazamientos de las devoluciones
— mayores prorrateos de las devoluciones en favor de ciudadanos, empleados y comerciantes de Vigàta y alrededores.

Entre las concesiones de préstamos nos ha interesado particularmente una carta del Senador donde ordenaba que el contable Patò concediera un préstamo de 150.000 (ciento cincuenta mil) liras SIN INTERESES al conocido mafioso Calogero Pirrello.

Interrogado rápidamente por nosotros, el contable Vitantonio Tortorici nos dijo que este préstamo había sido debidamente devuelto en su momento por Pirrello, dejándonos amablemente examinar los comprobantes de esta devolución con fecha 23 de setiembre de 1888.

Todos estos escritos obran en nuestro poder.

Al enseñarle uno de los frasquitos hallados en el cajón al farmacéutico Lopane éste nos dijo lo siguiente:

Que era uno de los que le había vendido al

contable Patò con un somnífero para conciliar el sueño.

El Mariscal de los Carabineros
(Paolo Giummàro)

El Delegado de Policía
(Ernesto Bellavia)

La Gazzetta dell'Isola

Director: Gesualdo Barreca — Palermo, 17 de abril de 1890

¡Por fin!

Hemos sabido, con auténtico placer, que ayer, tomando el toro por los cuernos y el valor a dos manos, el Mariscal de los Reales Carabineros y el Delegado de Policía de Vigàta por fin se han aventurado a registrar la filial local del Banco de Trinacria.

Parece que han salido de ella llevándose un voluminoso paquete de papeles.

Que los examinen bien, los dos valientes representantes de la Ley, puesto que con seguridad encontrarán en ellos en qué hincar el diente. Siempre que sus dientes estén en buenas condiciones.

Esperamos que ninguna inoportuna intervención desde Arriba no obstruya el camino provechosa, aunque tardíamente, tomado.

Entretanto nos consolamos con el viejo adagio «Mejor tarde que nunca» y gritamos a grandes voces: ¡por fin!

Real Ministerio
del Interior

El Subsecretario de Estado

A Su Excelencia
Gran Oficial Francesco Tirirò
Prefecto de
Montelusa

¡URGENTE!

Roma, 18 de abril de 1890

¡Excelencia esclarecidísima!

No es desde luego mi intención disputar con los Representantes de la Ley en Montelusa y en su subordinada (¿sobornada?) Vigàta, ni tampoco obstaculizar las vías tomadas por ellos.

Por consiguiente, no elevo torpes y apresuradas vallas, me apremia sobremanera, en cambio, reprobar el desatinado registro en la filial de Vigàta del Banco de Trinacria, acto incongruente que sólo conducirá a la intensificación de turbias habladurías, con grave daño de mi honorabilidad y la de mi sobrino dilectísimo, Antonio.

No me erijo en vengador, sólo soy un tenaz defensor de una prudente y discreta actuación, no me mueve rencor alguno, pero quien no haya sabido distinguir el bien del mal que vaya entonando el treno.

El Subsecretario de Estado
(Senador Gran Oficial Artidoro Pecoraro)

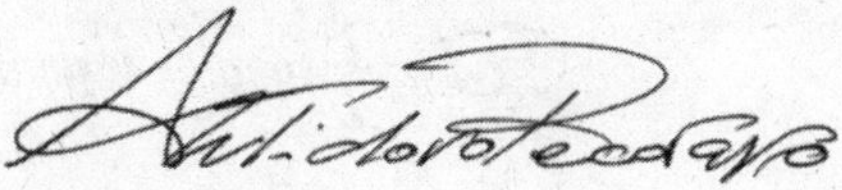

Post Scriptum:
Pronto decidiremos con S.E. el Ministro una rotación de Prefectos: ¿tiene alguna preferencia?

Comandancia Territorial del Arma
de los Reales Carabineros
de Palermo

El General Comandante

Al Comandante
de los Reales Carabineros
Capitán Arturo Carlo Bosisio
Montelusa

Palermo, 18 de abril de 1890

¡Capitán!

Quiero recordarle que, cuando me informó de la colaboración en Vigàta de uno de nuestros Mariscales con un Delegado de Policía mostré ciertas reticencias temiendo siempre funestos resultados de estas innaturales asociaciones con civiles.

Cosa que ha ocurrido.

He sido vejado, abrumado de solicitudes hasta la completa rotura de los santísimos para que intervenga con el fin de explicarle cómo la Real Jefatura de Policía de Montelusa persigue, en el caso de la desaparición del contable Patò, fines muy diversos de la simple y obligada aclaración de la verdad, hasta tal punto es cierto, y así me ha sido referido, que ella no vacila en llevar a cabo actos fastidiosos para altas personalidades políticas.

Valore usted, Capitán, la mejor conducta a seguir.

El General Comandante
(Artemio Chavez)

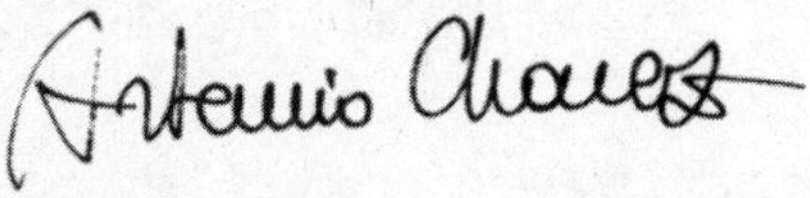

Real Ministerio
del Interior
El Jefe de Gabinete
de S. E. el Ministro

Al señor Jefe de Policía
Comendador Liborio Bonafede
Montelusa

¡URGENTE!

Confidencial

Roma, 18 de abril de 1890

Libò:

Pero ¿se puede saber qué te ha dado?

¿Se puede saber qué carajo estás haciendo a propósito de la desaparición de ese contable que hacía el papel de Judas?

Libò, estate atento: se trata de un asunto mierdoso.

No sólo, como tú bien sabes, ese contable es sobrino de quien tú sabes, sino que también es la "longa manus" del tiíto para sus negocios con el Banco de Trinacria. ¿Por qué has ido a azuzar al perro que estaba dormido con ese registro?

El tiíto va por los pasillos del Ministerio echando fuego y llamas por las narices: si metes la pata, ése es capaz de facturarte al sitio más recóndito de nuestra bella Italia.

Ojo, Libò.

Te abrazo con afecto en nombre de nuestra vieja amistad.

REAL JEFATURA DE POLICÍA DE MONTELUSA

EL JEFE DE POLICÍA

Al Delegado de Policía Vigàta	Al Mariscal de los Reales Carabineros Vigàta

Montelusa, 19 de abril de 1890

Vivamente deploramos el modo con que han efectuado el registro en la filial de Vigàta del Banco de Trinacria: en pleno día, en presencia de los empleados y de los transeúntes, sin precaución alguna a pesar de la debida reserva de la operación.

Además nos parece, del minucioso inventario que nos han enviado, que este registro se abandona a inútiles enumeraciones de mascarillas para los bigotes y frasquitos vacíos, al ser lo único de un cierto interés las cartas dirigidas por el Senador Pecoraro a su sobrino Antonio Patò para sostener la causa de algunos de sus electores.

Dichas cartas pueden ser, sí, indicativas de una corrupción política, pero desde luego no prefiguran delitos penales.

Por tanto, los invitamos a guardar los papeles hallados, sin darles difusión alguna, a la espera de un futuro destino que en breve les indicaremos.

Considerando el cariz de los acontecimientos, los invitamos formalmente a hacernos llegar su informe conclusivo antes y no después del día de mañana, 21 de abril.

El Jefe de Policía
de Montelusa
(Liborio Bonafede)

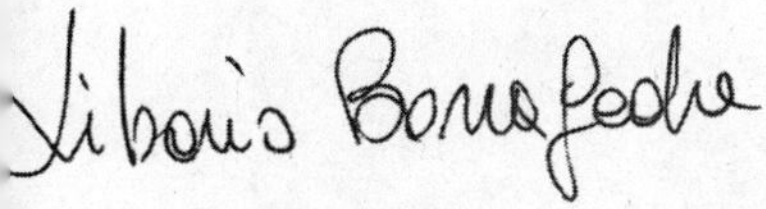

El Mariscal de los
Reales Carabineros
(Arturo Carlo Bosisio)

REAL PREFECTURA
DE MONTELUSA

EL PREFECTO

A Monseñor
Quirino Giacovazzo
Real Instituto «Esquilo»
Montelusa

Montelusa, 19 de abril de 1890

Monseñor reverendísimo:

Lo aparto durante un momento de sus importantes estudios clásicos para preguntarle una tontería, surgida en una convival reunión entre amigos en la que se habló de los lejanos tiempos de la escuela.

El «treno» es un canto fúnebre, esto lo recuerdo perfectamente: pero ¿era entonado por un moribundo o por quien ya estaba bien muerto y enterrado?

Le agradeceré extremadamente una aclaración.

Suyo

Francesco Tirirò
Prefecto de Montelusa

REAL DELEGACIÓN de POLICÍA de VIGÀTA

Al señor
Jefe de Policía
Montelusa

Al Capitán
Comandante de los Reales
Carabineros
Montelusa

Vigàta, 21 de abril de 1890

Nº Reg. 226
Objeto: informe conclusivo sobre desaparecimiento

Por comodidad suya y nuestra este informe conclusivo sobre el desaparecimiento del contable Antonio Patò, ocurrido en Vigàta el 21 de marzo del corriente año, mientras se representaba en la plaza pública la *Muerte*, donde hacía el papel de Judas, es distribuido en parágrafos.

§1) El contable Patò.

Antonio Patò nace en Montelusa el 16 de enero de 1850. De buena familia (su padre era un estimado abogado), sigue estudios regulares en escuelas religiosas y luego se diploma en contabilidad.

Con el apoyo de su tío, por línea materna, el Gran Oficial Artidoro Pecoraro, futuro Senador y Subsecretario de Estado, que es propietario del cincuenta y uno por ciento del Banco de Trinacria, es inmediatamente contratado por este Banco, para la Dirección provincial de Montelusa, distinguiéndose en seguida por su corrección, honestidad y humanidad en las relaciones con colegas y clientes.

En 1884 es nombrado Director de la filial de Vigàta.

En el mismo año contrae matrimonio con Elisabetta Mangiafico, nacida en Sciacca en una familia acomodada. Tienen dos hijos.

Todas las personas a las que hemos interrogado sobre la figura del contable Patò nos han dado respuestas significativamente elogiosas y no dictadas por las circunstancias. El comerciante Agatino Uccello, que vio cómo le denegaban un préstamo, declaró que Patò lo hizo con tanta cortesía y abundancia de motivos que él mismo se persuadió de que no podían concederle ese préstamo.

Católico practicante, cada domingo por la mañana se dirigía a la Santa Misa.

Hombre preciso, escrupuloso, circunspecto y meticuloso.

El ujier de la filial, señor Arturo Catalano, nos dijo que sobre el escritorio del Director los lápices debían estar dispuestos cada mañana según un preciso orden de longitud, a partir del lápiz al que se le había sacado menos punta y, por consiguiente, más grande, colocado a la izquierda a poca distancia del tintero que debía estar siempre lleno hasta una determinada altura, con la pluma impecable gracias al correspondiente limpiador. Lo mismo puede decirse para la botellita con tapón metálico perforado para esparcir la arena secante.

Está dotado de una memoria prodigiosa: no olvida nunca una fecha de cumpleaños o las fiestas de los clientes más importantes.

Nunca ha habido reclamación alguna por parte de los clientes por algún fallo de la filial dirigida por él.

En Vigàta suele frecuentar a tres o cuatro amigos, todos de indudable moralidad y de vida sosegada.

Son escasas las noches pasadas en casa de estos amigos junto con su esposa. En verdad, es más frecuente el intercambio de visitas el domingo después de almorzar.

Desde 1886, a solicitud del maestro de enseñanza elemental Erasmo Giuffrida, designado para hacer el papel de Jesús, acepta participar en la *Muerte* como Judas. Accede sin hacerse rogar demasiado, estudia infatigablemente el papel y en su primera aparición obtiene el consenso de los entendidos. Ejercitándose en el papel con el mismo escrúpulo que pone en todas sus cosas, Patò llega a un elevado grado de verosimilitud.

Hacemos notar que en Vigàta, a pesar del papel que le gustaba interpretar, nunca ha sido llamado ni en broma «Judas» como injuria o apelativo despreciativo. Aun escarneciéndolo con insultos durante el espectáculo, la gente volvía al respeto anterior cuando el contable se quitaba el disfraz.

El único extraño hecho por él, que nosotros sepamos, es el que concierne a Gerlando Ciaramiddaro.

Como resulta del acta del interrogatorio (véase Anexo 1 del informe nº reg. 215 del 27 de marzo del c.a.), Ciaramiddaro devolvió el préstamo de 280 liras personalmente en las manos del Director de la filial de la que es cliente desde hace tiempo.

Esto ocurre el día 18 de marzo. Y el contable Tortorici, Cajero jefe, confirma dicha devolución.

No obstante, el 19 por la mañana Ciaramiddaro recibe una nota sin membrete, pero firmada por Patò, que lo invita a devolver el préstamo y a pasar por el despacho al día siguiente, es decir, el 20 por la mañana. Ciaramiddaro va seguro de que se trata de un despiste. Pero aquí Patò lo acusa de ser el autor de una amenazante carta anónima que le muestra. Ciaramiddaro lo niega y todo acaba en una riña. Al Delegado de Policía, que intervino, Patò le dice que el motivo de la disputa es la no devolución del préstamo, omitiendo por completo hablar de la carta anónima.

Esta carta nos es entregada por el Inspector General Cannarella (véase informe nº reg. 321 del 27 de marzo del c.a.) habiéndola encontrado a la vista sobre el escritorio de Patò.

Por consiguiente, la convocatoria de Ciaramiddaro al despacho no se debía a un error, sino a la precisa voluntad del contable, que quería encontrarse cara a cara con él para observar sus reacciones mientras le reprochaba la paternidad del anónimo.

La razón por la que Ciaramiddaro no reaccionó ante el hecho de que Patò no mencionara al Delegado la carta anónima, fue explicada por él en el transcurso del interrogatorio.

En cambio, es difícil entender por qué Patò no dijo nada de la carta, dejándola luego a la vista sobre el escritorio.

§2) Causas del desaparecimiento.

La idea de la señora Elisabetta Mangiafico, esposa de Patò, y del hermano de ella, el Capitán Arnoldo, es decir, que el desaparecimiento se produjo porque el contable, al caer a través del escotillón, se golpeó violentamente la cabeza y perdió la memoria no se aguanta en base a lo siguiente:

La parte de arriba de la escalerilla, con estructura de plataforma, situada exactamente debajo del escotillón, cubierta de tela acolchada, no tiene manchas de sangre, ni tampoco los palos que sostienen el palco y ni siquiera la tierra del foso.

Pero se puede rebatir lo siguiente:

Que el golpe en la cabeza puede no haber sido por fuerza sangriento.

De acuerdo, pero continúa siendo incontrovertible lo siguiente.

Es decir, que Patò, confuso, habría salido del foso, habría vuelto al almacén destinado a camerino, se habría quitado el disfraz de Judas poniéndolo en el saco de yute, se habría vuelto a vestir con su ropa y habría nuevamente salido llevándose consigo el saco.

Esto demuestra lo siguiente:

Que Patò no perdió la memoria (habría debido olvidarse incluso de dónde tenía su ropa de paisano), sino que estaba muy lúcido y consciente.

Además, vivo o muerto, el contable habría sido con seguridad encontrado: la señora Patò había puesto un anuncio público prometiendo una considerable gratificación a quien aportara noticias de su marido y todos conocen, en Vigàta y alrededores, las florecientes condiciones pecuniarias de la señora Patò.

La otra conjetura puede ser resumida como sigue.

El contable fue víctima de un secuestro para solicitar un rescate por parte de una o más personas (véase informe nº reg. 219 del 2 de abril del c.a.).

Pero dicha conjetura es cuestionada por lo siguiente.

Ni la señora Patò ni su hermano ni sus amigos y parientes han recibido demanda alguna de dinero por la liberación del secuestrado.

¡Ya ha pasado demasiado tiempo del día del desaparecimiento!

Subordinado a lo anterior, se podría opinar lo siguiente:

Que se trata de un secuestro de persona no con fines de rescate pecuniario, sino con fines de venganza por parte de algún peligroso cliente insatisfecho o por parte de mafiosos con los que, a causa de su oficio, Patò debía haber mantenido relaciones bancarias.

Pero en cierto sentido esto es desmentido por lo siguiente:

No se ha hallado el cadáver destrozado como es habitual en semejantes casos, para atemorizar a la gente y hacer ostentación de la propia fuerza y prepotencia.

Además, no ha trascendido ni siquiera un rumor, ninguno de nuestros informadores ha sabido decirnos nada al respecto.

Es más, el conocido mafioso Calogero Pirrello habría manifestado, entre amigos, lo siguiente.

Que si Patò apareciera vivo, él habría procurado matarlo con sus propias manos a causa de un enorme ingreso hecho por él y nunca re-

gistrado por Patò en tanto que Director de la filial (véase informe nº reg. 222 del 10 de abril del c.a.).

Pero sobre la cuestión de Pirrello tendremos ocasión de regresar en su debido momento.

No queda, pues, más que conjeturar lo siguiente.

El contable Patò se ha autodesaparecido, en el sentido de que el desaparecimiento fue ejecutado por él mismo.

Pero ¿por qué ha querido desaparecer?

Probablemente el desaparecimiento es un efecto de la recepción del anónimo. El cual, aun no siendo en sí y por sí una amenaza de muerte, debe de haber significado algo muy grave para el contable.

§3) Organización del desaparecimiento.

Decidido a desaparecer, el contable lo organiza todo con la escrupulosidad y el orden que le son propios.

Se hace prestar, la noche previa a la actuación, el disfraz de Judas por el padre Gesuino Albanese, se lo lleva al banco dentro de un saco de yute proporcionado por el mismo padre Albanese (véase informe nº reg. 323 del 3 de abril del c.a.). Lo hace con el único objetivo de hacerse ver por la gente con un gastado saco de yute en la mano y con una precisa razón, que es la de llevar el disfraz. En caso contrario, a todos les habría parecido inconveniente que un ciudadano distinguido como Patò fuera por ahí con un saco de yute como un campesino cualquiera.

Él ya tiene en la cabeza todo lo que va a hacer, porque la idea se le ocurrió al ver la representación de la *Pastoral* realizada en Vigàta en las Navidades del año pasado.

En la *Pastoral* hay un popular personaje bufo denominado Nardo, cuyo caballo de batalla se caracteriza por una cómica fuga que hace disfrazado.

Lleva prendas robadas a sus compañeros mientras duermen y se pone una gran barba falsa que no es más que un trozo de lana de oveja debidamente recortada.

Durante los ensayos con vestuario de la *Muerte*, el contable Patò se dirigió, según testimonio común, a saludar a los comparsas del almacén destinado a camerino masculino.

Esto que a todos había parecido un gesto de cordialidad escondía, en cambio, la observación de qué prendas de los comparsas eran más adecuadas para él en el momento en que las necesitara.

También hay que tener presente que el papel de Judas no comportaba llevar barba: de hecho, el contable lo interpretaba con sus propios bigotes. Pero Patò había llevado consigo una falsa barba blanca, con sus correspondientes bigotes canosos. Ésta estaba, sin usar, en un gran paquete con maquillajes de escena comprados de más, por precaución, pero que, dado que no habían servido, el padre Albanese tenía en el cuarto 2 (véase Anexo 4 del informe nº reg. 216 del 30 de marzo del c.a.). El cuarto 2 se encontraba justo enfrente del cuarto 16, o sea, el reservado al contable para cambiarse de traje y ponerse el disfraz de Judas.

Y para corroborarlo:

Durante nuestra ida a Palermo (solicitudes de permiso nº 324 y 221 de fecha 8 de abril del c.a.), en un momento para asuntos propios, nos dirigimos a la firma Ronconi & C., que habitualmente proporciona lo necesario para la *Muerte*, desde los disfraces a los maquillajes, a lo que haga falta.

Cortésmente el señor Ronconi nos informó de que no le fueron devueltos el traje de Judas y una larga barba blanca con sus correspondientes bigotes, cara y de buena factura.

A consecuencia de estas faltas, nos dijo que había escrito lamentándose a Vigàta y que le habían respondido que sería indemnizado por ello.

Esto lo hemos confirmado con el padre Gesuino Albanese.

En este punto el problema del disfraz de campesino está en los pies. El contable no estaba habituado a caminar descalzo y tampoco lo estaba con los denominados «zapatos de pelo». Por eso necesitaba un par de zapatos de verdad.

Pero sobre esto volveremos en breve.

§4) Cómo se desarrolló el desaparecimiento.

El desaparecimiento se lleva a cabo de la siguiente manera.

El contable sale de su casa para participar en la representación, pero en vez de dirigirse directamente al palacio Curtò di Baucina, pasa por la filial de su Banco para recoger el saco con el disfraz. Ha llevado consigo una navaja y un poco de crema de afeitar (hemos omitido decir que en cada cuarto para los actores y las actrices había también una bacía con agua).

Llegado al palacio, hace lo siguiente:

Se asoma al almacén destinado a camerino masculino para los comparsas para asegurar-

se de la ubicación de las prendas de las que deberá apoderarse.

Los comparsas en aquel momento están todos en el escenario repasando los movimientos y, por consiguiente, podría adueñarse tranquilamente de las prendas que necesita. Pero no lo hace porque sabe que en breve regresarán los comparsas al camerino y podrían percatarse de la falta de algunas prendas.

Luego se pone el disfraz y deja su ropa sobre la silla que está en su cuarto.

Después, una vez subido al palco, comienza a interpretar el papel de Judas hasta que acciona el escotillón y, a través de él, desaparece en el foso.

Luego realiza lo siguiente:

(Se aconseja tener a mano la planta dibujada en Anexo 1 al informe nº reg. 216 del 30 de marzo del c.a.).

Apenas bajado al foso, Patò sale velozmente de él por la parte posterior, entra por el portal (4), va al almacén destinado a camerino masculino de los comparsas (7b), se adueña de una chaqueta, una camisa, un chaleco, un par de pantalones, un sombrero y una capa, cuya ubicación ya conoce, dado que no pertenecen a una misma persona (cosa hecha con conocimiento de causa para evitar que el pensamiento corriera inmediatamente al hecho de que, en realidad, todas esas prendas dispersas formaban un traje completo).

En ese momento, todos los comparsas, varones y mujeres, se encuentran en el escenario donde permanecerán hasta el final.

Mientras está dirigiéndose a la carrera al almacén destinado a camerino para los señores actores (8b), ve un par de botas en el primer peldaño de la escalera (9) que lleva al interior del palacio, pertenecientes a Giovanni Abbate, el fornicador, que se las había quitado para no hacer ruido al ir a copular en la Capilla privada (véanse los correspondientes informes).

Patò se adueña de ellas y entra en el almacén-camerino: tras dejar las botas y las prendas de vestir en su cuarto (16), corre al cuarto de enfrente (2), donde el padre Albanese tiene el cajón con los maquillajes sobrantes, coge la barba falsa, vuelve a su cuarto, se afeita de prisa los bigotes, se quita el disfraz, se pone las prendas robadas, echa todo lo demás dentro del saco, se aplica la barba falsa y luego hace lo siguiente:

Sale tranquilamente sin ser reconocido por el portal con el saco de yute al hombro como si fuera un viejo campesino. Luego pasa por detrás del Guardia municipal (17a) y se encamina por el Vico Re Ruggero.

Hechos una y otra vez nuestros cálculos, quedan aún de tres a cinco minutos para el final de la representación.

Por consiguiente, son las siete y diez de reloj.

Una vez recorrido el Vico Re Ruggero, Patò sigue por Via della Zingarella, luego Via del Cane Morto y ya está en el atajo que lleva a la estación ferroviaria, que está a una distancia de 1 kilómetro y 300 metros del pueblo.

El tren para Caltanissetta Xirbi con enlace a Palermo entonces partía a las ocho de la tarde, luego el horario fue anticipado (véase informe nº reg. 223 del 13 de abril del c.a.).

El empleado de los Ferrocarriles, señor Salvatore Anastasio, interrogado por nosotros, declaró lo siguiente:

Que recordaba perfectamente al viejo campesino barbudo que pocos minutos antes de la partida del tren se presentó y adquirió un billete de tercera clase Vigàta-Caltanissetta Xirbi-Palermo precisamente en la noche del pasado Viernes Santo.

Ante nuestra pregunta de por qué lo recordaba, Salvatore Anastasio nos respondió lo siguiente: «Por las manos».

Ante nuestra pregunta de qué tenían de particular esas manos, nos dijo lo siguiente:

Que eran unas manos sin callos, perfectamente limpias y cuidadas, que desentonaban en un campesino.

Pero dado que aquellas manos no eran asunto suyo ni de los Ferrocarriles, no hizo ninguna pregunta al respecto.

Esta explicación de cómo han ido las cosas podría ser, a nuestro parecer, suficiente.

El Delegado
de Policía
(Ernesto Bellavia)

El Mariscal de los
Reales Carabineros
(Paolo Giummàro)

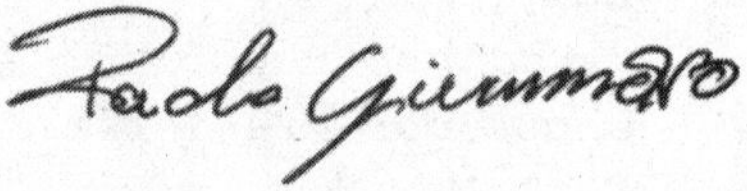

L'ARALDO di MONTELUSA

Gerente: Pasquale Mangiaforte *Martes, 22 de abril de 1890*

Feroz homicidio en Giardina

Ayer por la mañana temprano, un tal Michele Corvaia, se dirigía a ver al señor Calogero Pirrello, que solía estar en su casa de campo en Giardina. La puerta estaba abierta. Apenas entrado, Corvaia se encontró ante un espectáculo terrible: Pirrello yacía en medio de la habitación, muerto por un disparo de revólver que le había volado media cabeza. Detalle tremendo: el cadáver tenía ambas manos cortadas a la altura de la muñeca y puestas sobre el pecho.

Calogero Pirrello era considerado un peligroso capo mafioso. Varias veces procesado por distintos delitos, del secuestro de persona al homicidio, siempre había sido absuelto por falta de pruebas.

Según el Mariscal de la Benemérita Vincenzo Schilirò, que se ocupa de las indagaciones, Pirrello fue asesinado porque habría hecho una afrenta a alguien de su misma «familia». En efecto, mientras el corte de una sola mano indica que un asesinado había robado donde no habría debido, el corte de las dos manos significa que Pirrello había robado a sus mismos camaradas.

En opinión del Doctor Francesco Simone, las manos de Pirrello fueron cortadas mientras aún estaba vivo.

REAL JEFATURA DE POLICÍA DE MONTELUSA

EL JEFE DE POLICÍA

Al Delegado
de Policía
Vigàta

Al Mariscal de los
Reales Carabineros
Vigàta

Montelusa, 22 de abril de 1890

El Capitán de los Reales Carabineros y yo estimamos su informe, definido por ustedes como conclusivo, lagunoso, incompleto e incluso reticente.

Su comportamiento en el curso de esta desde luego no fácil indagación es índice de su total incapacidad de comprender plenamente cuáles son sus propios deberes.

Pero de todo esto tendremos ocasión de hablar en breve.

Entretanto les ordenamos que nos manden un verdadero informe conclusivo, sin temor a afrontar verdades desagradables.

Nosotros somos servidores de la Verdad.

El Jefe de Policía de Montelusa (Liborio Bonafede)	El Capitán Comandante de los Reales Carabineros (Arturo Carlo Bosisio)

REAL DELEGACIÓN
de POLICÍA
de VIGÀTA

Al señor
Jefe de Policía
Montelusa

Al Capitán
Comandante de los Reales
Carabineros
Montelusa

Vigàta, 23 de abril de 1890

Nº Reg. 227
Objeto: Informe conclusivo sobre desaparecimiento

De acuerdo con su orden taxativa, les transmitimos la conclusión omitida en el informe enviado con fecha 21 de abril del c.a.

Al igual que el anterior, también este informe será dividido en parágrafos.

§1) Estado de salud del contable Patò.

Con fecha 28 de marzo del c.a. nos dirigimos a la consulta del Doctor Giosuè Picarella para obtener noticias sobre la salud del contable Patò. Nos respondió lo siguiente:

Que su paciente gozaba de una excelente salud y, por consiguiente, no tenía necesidad de cuidados médicos.

Habiéndose enterado de nuestra visita, la señora Elisabetta Mangiafico de Patò quiso vernos para comunicarnos lo siguiente:

Que su marido, desde hacía un mes, estaba en un estado de continua agitación, que le provocaba incluso insomnio tras la desaparición, ocurrida en Palermo, de la consorte del Director provincial del Banco de Trinacria, señora Rachele Infantino de Cardillo.

Patò era amigo íntimo de la familia Cardillo, cada sábado comía en su casa en Montelusa y luego se quedaba para hacer las cuentas semanales del Banco con el contable Cardillo, que era su superior.

Patò no dijo a su médico de cabecera, el Doctor Picarella, que en el transcurso del último mes había tomado un narcótico para conciliar el sueño.

Sin embargo, gracias al farmacéutico Lopane nos enteramos de lo siguiente:

Que hacía más de 2 (dos) años que el contable Patò se abastecía regularmente de somníferos.

Pero se había guardado mucho de mencionar este hecho a su médico de cabecera y a su esposa, limitándose con esta última a admitir el uso desde hacía apenas un mes, es decir, desde la desaparición de la señora Infantino de Cardillo.

(Para todo esto véase el informe nº reg. 218 del 1º de abril del c.a.)

§2) Diferencia entre la palabra «desaparición» y la palabra «desaparecimiento».

En el transcurso de la conversación con la señora Mangiafico, de la que se habla en el parágrafo precedente, ella nos dijo que su marido estaba muy disgustado tras la «desaparición» de la señora Rachele Infantino, esposa del Director provincial contable Emanuele Cardillo, ocurrida en Palermo, a donde la señora se había trasladado para ver a su hermana Romilda, que vive allí.

De aquella palabra nosotros, equivocados, nos hicimos entonces una idea precisa: que la señora Rachele, también mujer de una cierta edad, había muerto en Palermo en casa de su hermana.

Y nos quedamos tranquilos.

Luego, primero supimos, de manera totalmente casual, que la difunta señora Rachele Infantino era una mujer de extraordinaria belleza, además de treintañera y segunda esposa del contable Cardillo, de cincuenta años.

Lo segundo de que nos enteramos casi inmediatamente fue que la señora Mangiafico de Patò, al decirnos que la señora Infantino había «desaparecido» decía lo correcto, pero habíamos sido nosotros los que habíamos comprendido esa palabra de manera errónea. Al decir «desaparecido», la señora Mangiafico de Patò pretendía decir verdaderamente desaparecido, es decir, que ya no había encontrado rastro de ella.

Desaparecido en la nada, exactamente como el contable Patò.

Y dos desaparecimientos (he aquí por qué nos hemos decidido a sustituir la palabra «desaparición», que puede despertar equívocos) a un mes de distancia el uno del otro de dos personas que eran amigas y que tenían relaciones, aunque de diferente manera, con el Banco de Trinacria, no nos convencían en absoluto.

§3) Modalidad del desaparecimiento de la señora Infantino de Cardillo.

Durante nuestra visita a Palermo del 9 de

abril del c.a., en nuestro tiempo libre, nos dirigimos a la Real Jefatura de Policía para obtener mayores detalles sobre el desaparecimiento de la señora Infantino.

El Delegado Angelo Pantano, en su momento encargado de las indagaciones, nos refirió el resultado de las mismas, que consiste en lo siguiente.

La señora Rachele Infantino parte de Montelusa hacia Palermo con dos grandes maletas porque quería ver a su hermana, dado que hacía demasiado tiempo que no la veía. Coge el tren de Montelusa que parte a las dos de la tarde y que llega a Palermo a las seis y media. No obstante, ocurre lo siguiente.

Por razones oscuras, que el Delegado Pantano no ha conseguido aclarar, la señora Infantino pierde el enlace a Caltanissetta Xirbi y se ve obligada a esperar otro tren, con partida de Catania, que pasará dos horas después y la hará llegar a Palermo a las ocho y media de la tarde.

El marido de la señora Romilda, que se ha desplazado a la Estación, no ve llegar a su cuñada con el tren de las seis y media y, por tanto, decide lo siguiente.

Esperar el próximo tren, o sea, el de las ocho y media.

Cuando llega el tren ya ha oscurecido. Al ver que su cuñada tampoco baja de éste, se persuade de lo siguiente:

Que su cuñada ha cambiado de idea. Y regresa a casa.

En cambio, según parece, la señora llegó, pero los dos se desencontraron.

Dos días después ocurre lo siguiente.

El contable Cardillo manda un telegrama a su esposa a la casa de su cuñada para obtener noticias suyas. Por el telegrama de respuesta se entera de que su esposa nunca ha llegado allí.

Se precipita a Palermo y denuncia la desaparición.

Comienzan las indagaciones que no conducen a nada.

Cuatro días después, sucede lo siguiente.

En un cañaveral sobre la orilla del río Oreto, en un barrio palermitano de triste reputación, se encuentra una maleta rota con algunos vestidos de mujer, destrozados, uno de ellos manchado de sangre. El contable Cardillo reconoce, sin sombra de duda, que la maleta y las prendas pertenecen a su esposa.

Entonces se piensa lo siguiente:

Que la señora Infantino, a su llegada a la Estación de Palermo, fue abordada, secuestrada y saqueada (la señora había llevado muchas joyas) y luego bárbaramente asesinada haciendo desaparecer el cuerpo.

Por escrúpulo de conciencia fuimos a ver si L'Araldo di Montelusa había aludido al asunto. Lo había hecho en una breve gacetilla en la que ponía lo siguiente:

Que la señora había sido raptada y asesinada por desconocidos con fines de robo.

La noticia, muy concisa quizá por un sentimiento de respeto hacia el contable Cardillo, se nos había escapado por completo, al tratarse, además, de un hecho delictivo ocurrido en Palermo.

§4) Estado de salud del contable Cardillo.

Por un artículo de *La Gazzetta dell'Isola* con fecha 5 de abril del c.a., supimos que el contable Emanuele Cardillo desde hacía dos años padecía la «enfermedad del sueño» y pedimos explicaciones a su médico de cabecera, el ilustre Profesor Notarbartolo, especialista en enfermedades africanas.

Él, aunque de manera indirecta, nos confirmó que desde hacía dos años Cardillo estaba afectado por dicha enfermedad, pero que se había curado a causa de la impresión recibida como consecuencia de la trágica desaparición de su esposa.

El Profesor Notarbartolo había convertido el caso en objeto de una ponencia científica.

Esto nos ha sido directamente confirmado por el interesado, contable Emanuele Cardillo (véase informe nº reg. 325 del 12 de abril del c.a.).

§5) En torno a la carta anónima recibida por el contable Patò.

Respecto de la carta anónima recibida por él (TÚ QUE HACES EL PAPEL DE JUDAS ERES PEOR QUE ÉL), aunque no sabemos cómo ha llegado, puesto que carece de sobre, el contable Patò se comporta de forma que se puede definir como bastante extraña.

Convoca a Ciaramiddaro, quien se dirige a su despacho convencido de que debe discutir el asunto del préstamo.

Patò, en cambio, lo acusa de ser el autor de una carta anónima.

Cosa absolutamente imposible, dado que la carta está escrita en buen italiano mientras que el italiano de Ciaramiddaro es el que es.

Desde luego, esa carta Ciaramiddaro puede habérsela hecho escribir por alguien que supiera hacerlo, pero a Patò no le pasa ni por la antecámara del cerebro preguntarle quién le ha ayudado.

Y entonces: ¿por qué dejar el anónimo a la vista, sobre el escritorio, según nos ha referido el Inspector Cannarella, donde cualquiera habría podido verlo?

Y aún más: ¿por qué no mencionarlo al Delegado de Policía cuando éste se desplazó al despacho de la filial del Banco de Trinacria para apaciguar la riña con Ciaramiddaro?

Hay una sola explicación lógica.

Esa carta anónima la escribió el propio Patò.

Y para estar seguro de que se supiera en todas partes que había recibido una carta amenazante montó el altercado con Ciaramiddaro.

Pero cuando vio que Ciaramiddaro, en presencia del Delegado, no abría la boca sobre la acusación, prefirió callar también él sobre el tema, para que se supiera de la carta sólo después de su desaparecimiento.

Y la dejó sobre el escritorio, sabiendo que antes o después sería hallada, como de hecho ha sido.

¿Por qué se escribió la carta anónima?

Porque ésta debía servir para confundir las hipótesis sobre el verdadero motivo de su desaparecimiento.

§6) Por qué desapareció Patò.

Todo el asunto comienza al menos dos años antes, cuando Antonio Patò y Rachele Infantino descubren que están enamorados el uno del otro.

La cosa empieza y se desarrolla durante las visitas de Patò a casa del contable Emanuele Cardillo, su superior, cada sábado por la tarde en Montelusa.

Los dos, arrastrados por una pasión cada vez más arrolladora, no saben qué hacer para verse con toda comodidad.

Hasta que al contable Patò se le ocurre una idea demoníaca: solicita, con la excusa de que padece de insomnio, un frasquito de somníferos al farmacéutico Lopane y lo entrega a la señora Infantino para que lo administre en secreto en la comida de su marido.

Cosa que la señora hace sin vacilación alguna.

De ello resulta que cada sábado por la noche, apenas terminada la cena, el contable Cardillo a las diez ni siquiera se aguanta en pie.

Patò entonces se despide de la pareja y finge partir de vuelta para Vigàta.

En realidad, vuelve después de media horita, la señora Infantino le abre y los traidores pueden abandonarse a su placer mientras el ignorante Cardillo está sumido en el más profundo de los sueños.

Pero hay algo más: para no despertar sospechas sobre la coincidencia entre los ataques de sueño del contable Cardillo y las tardías cenas de los sábados, Patò aconseja a su amante que siga administrándole el somnífero a su marido también durante los días de la semana.

De ello resulta que el contable Cardillo, creyéndose enfermo, se somete a la visita del Profesor Notarbartolo que le diagnostica que está afectado por la enfermedad del sueño.

Enfermedad que desaparece después del desaparecimiento de la señora Infantino, no como consecuencia de la conmoción padecida, como supone el Profesor Notarbartolo, sino sencillamente porque ya no le administran nada, dado que no hay necesidad de ello.

Cada vez que un frasquito de poción terminaba, la señora Infantino lo devolvía a Patò, que lo guardaba en el cajón del escritorio del despacho y solicitaba uno nuevo al farmacéutico Lopane (véase informe nº reg. 327 del 16 de abril del c.a.).

Sin embargo, esos fugaces encuentros una vez por semana ya no bastan para saciar a los dos amantes. Por eso deciden escaparse juntos.

§7) Organización del desaparecimiento de la señora Infantino.

La preocupación que desasosiega a los dos amantes se puede resumir como sigue.

¿Cómo desaparecer sin despertar sospechas de una fuga amorosa que desencadenaría en los familiares reacciones aún más exacerbadas que si se hubiera tratado de un desaparecimiento debido a causas más trágicas?

Piensa que te piensa, Patò llega a lo siguiente.

Habiéndose desplazado a Palermo por asuntos de negocios a principios de enero del c.a. y habiéndose quedado allí durante una semana consecutiva, son varios los testimonios al respecto, ocultamente alquila o compra una casita aislada en esa ciudad.

Y luego la señora Infantino, trasladada a Palermo con posterioridad con la excusa de ir a ver a su hermana, va a esconderse en esa casita después de haber conseguido despistar a su cuñado, que la esperaba en la Estación ferroviaria. Dos días después, conocido el desaparecimiento de su consorte, el contable se precipita a Palermo acompañado por aquél a quien cree un verdadero amigo y que, en cambio, es un auténtico Judas: justamente Patò.

Éste, una vez encontrado el momento apropiado para esfumarse, acaso por la noche, se reúne con su amante en la casita secreta.

Y aquí pone en escena lo siguiente:

Ensangrienta una prenda de la Infantino quizá con sangre de pollo, destroza una maleta, mete en ella el vestido ensangrentado y otras indumentarias y luego tira la maleta en el cañaveral del río Oreto.

Y para estar seguro de que la maleta sea encontrada y caiga en las manos adecuadas, el contable Patò hace lo siguiente:

Envía un billete anónimo a la Jefatura de Policía de Palermo, según aquello que nos ha referido el Delegado Pantano.

Una vez hecho esto, al contable no le queda más que esperar a la representación de la Muerte para poner en práctica la segunda parte de su plan, o sea, su propio desaparecimiento, que se produce según hemos descrito en nuestro informe precedente.

Nuestra opinión es la siguiente:

Que es vana cualquier nueva búsqueda, sea por la inteligencia y el cuidado que Patò pone en todo lo que hace, sea porque él, a nuestro parecer, en la actualidad se encuentra bien provisto de cuartos y, por consiguiente, puede irse a donde quiera con su amante.

§8) Por qué Patò dispone ahora de dinero.

Nosotros nos habíamos planteado una suposición, pero puesto que se trataba sólo de una suposición decidimos omitirla en el informe precedente.

Sin embargo, con fecha de ayer, 22 de abril del c.a., ha aparecido en el periódico *L'Araldo di Montelusa* la noticia del feroz homicidio de Calogero Pirrello, conocido capo mafioso de nuestra Provincia.

Como Sus Señorías Ilustrísimas ciertamente recordarán, Pirrello fue objeto de nuestras investigaciones en el marco del desaparecimiento del contable Patò (véase informe nº reg. 222 del 10 de abril del c.a.).

Habiendo sabido por un informante que Pirrello había dicho que si se encontraba vivo a Patò lo mataría con sus propias manos, ordenamos al informante que averiguara todo lo posible sobre el tema.

Él nos refirió que corría la voz de que Pirrello había entregado a Patò, como Director de la filial del Banco de Trinacria, una enorme suma para que la pusiera en depósito. Patò habría extendido un recibo provisional, dado que el encuentro se producía en la tarde del Jueves Santo, cuando no había empleados en la filial, prometiéndole que lo regularizaría todo el primer día no festivo, poniendo el dinero en la caja fuerte.

Cuando se difundió la noticia del desaparecimiento de Patò, Pirrello se informó sobre el fin que había hecho su dinero, y así supo que la suma no había sido hallada en la caja fuerte por el Inspector Cannarella y nunca había sido registrada.

Entonces, con toda razón, se había persuadido de que había sido embaucado por Patò, que había levantado el vuelo con su dinero.

Pero puesto que ese dinero era suyo sólo en una mínima parte, al pertenecer casi todo a la «familia» de la que era integrante, los suyos sospecharon que se había apoderado de la suma compinchado con Patò, a quien habría posteriormente eliminado y hecho desaparecer. Y al no poder Pirrello dar una explicación distinta a aquella de que Patò se había burlado de él, fue salvajemente asesinado.

Éste es nuestro informe conclusivo. Y con esto consideramos cerrada la indagación.

El Delegado
de Policía
(Ernesto Bellavia)

El Mariscal de los
Reales Carabineros
(Paolo Giummàro)

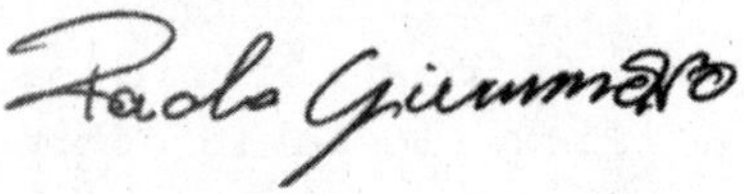

4

TERCERA Y ÚLTIMA CONCLUSIÓN

La Gazzetta dell'Isola

Director: Gesualdo Barreca **Palermo, 25 de abril de 1890**

Una coincidencia

Ayer por la tarde, asistíamos encantados a una irreprochable representación de la obra Norma *de nuestro inmortal conterráneo Vincenzo Bellini.*

En el espléndido teatro guarnecido de bellas mujeres enjoyadas, la música y el canto nos estaban transportando fuera de nuestro mundo terrenal, lejos de afanes e intrigas, cuando, al inicio de uno de los pasajes más celebrados, aquel que dice «Duermen ambos», nuestro pensamiento se precipitó deplorablemente al suelo. Despertándonos.

Sí, porque de inmediato nuestra mente corrió a otros dos durmientes.

Nos referimos al Delegado de Policía y al Mariscal de la Benemérita de Vigàta, quienes, después de haber dado vueltas en vacío durante días y más días y después de haber tomado finalmente el camino que conducía a un determinado Banco, ahora «duermen ambos».

De hecho, de las indagaciones sobre la desaparición del contable Antonio Patò nunca más se supo.

También el Jefe de Policía de Montelusa y el Capitán Comandante de los Carabineros «duermen ambos».

Dulces sueños, señores.

REAL PREFECTURA DE MONTELUSA

EL PREFECTO

Al señor Jefe de Policía Montelusa	Al señor Capitán Comandante de los Reales Carabineros Montelusa

¡Confidencial!

Montelusa, 25 de abril de 1890

Señor Jefe de Policía, señor Capitán:

He apreciado mucho la exquisita cortesía con la que han querido enviarme, de manera totalmente confidencial, el doble informe que les fue dirigido por sus subalternos y subordinados de Vigàta respecto de la desaparición del contable Antonio Patò, ciudadano ejemplar y sobrino adorado del Senador Artidoro Pecoraro, actual Subsecretario del Ministerio del Interior, además de ilustre hijo de Montelusa.

Pues bien, debo decirles, francamente, que encuentro el segundo informe aún más grave que el primero.

En el primero no se da explicación alguna sobre los motivos que habrían inducido al contable a una tan descabellada fuga.

En el segundo no se hace más que lanzar gratuitas infamias sobre un gentilhombre como el contable Patò sin la más mínima prueba que tenga aunque sea un cierto valor judicial.

¡Incluso se llega a acusarlo de ser un ladrón de dinero delictivamente ganado por la mafia!

¡Me parece demasiado!

En su lugar, ante nuestro Senador, preferiría aceptar las razones de los dos Sires que han escrito al Alcalde de Vigàta más que sostener una sola línea de uno de los dos informes.

Pero si alguno de ustedes está de acuerdo con los resultados de estas así llamadas indagaciones, que lo diga abiertamente y asuma sus propias responsabilidades.

Les hago presente que el domingo 27 de abril estará en la ciudad S.E. Pecoraro, quien, por la tarde, intervendrá en la Prefectura en una recepción en Su honor.

En esa ocasión, sin duda querrá ser puesto al corriente del estado de las indagaciones.

Con mis mejores deseos,

El Prefecto de Montelusa
(Francesco Tirirò)

Comandancia

Provincial

de los Reales

Carabineros

Montelusa

¡URGENTE!!
DESPACHO EN MANO

Al Mariscal
Paolo Giummàro

Le recuerdo la estrictísima consigna de silencio en relación a los informes enviados.

Si trasciende una sola palabra de ellos, usted va derecho a la Corte Marcial

Por el Capitán
Comandante
Teniente Loffredo

Loffredo

REAL
JEFATURA DE
POLICÍA
DE MONTELUSA

¡URGENTE!!
DESPACHO EN MANO

Al Delegado de Policía
Vigàta

Le ordeno que no diga ni una palabra a nadie, repito nadie, sobre el contenido de los informes enviados.

En caso contrario propondré su inmediata expulsión.

Por el Jefe de
Policía
de Montelusa
Antonio Camarro

Al Mariscal
Paolo Giummàro
Sus manos

¡Confidencial!!!
¡Sólo puede ser abierta por el
Mariscal Giummàro!!!

Querido compadre Paolino:

Te mando estas pocas líneas con un guardia de mi absoluta confianza que entregará sólo a ti este escrito mío que tomarás la precaución de quemar. Estoy persuadido de que el Jefe de Policía y tu Capitán se están poniendo de acuerdo para descargar sobre nosotros la porquería y metérnosla por el culo.

He pensado una manera de salir de esta mierdosa historia.

Pasa por mi casa lo antes posible. Yo no puedo moverme a causa de una fluxión que me tiene en cama con fiebre. Pero no te preocupes que se me pasará si es posible trabajar para nuestra salvación.

Te hago una pregunta fundamental: ¿el guardián del cementerio sigue siendo aquel Pippo Lojacono a cuyo hijo salvaste de acabar en chirona?

Tráeme todas las noticias que tengas sobre el contable, cuánto pesaba, qué altura tenía, etc.

Ven en seguida, nos quedan unas doce horas.

Tu compadre

Nenè Bellavia

L'ARALDO di MONTELUSA

Gerente: Pasquale Mangiaforte — ***Lunes, 28 de abril de 1890***

Encontrado el cuerpo sin vida del contable Patò

Ayer por la mañana temprano, el señor Armando Mazza había ido a cazar en la zona pantanosa comprendida entre Vigàta y Monreale conocida como «Lagomorto». De pronto, su atención fue reclamada por el furioso ladrido de su perdiguero. Al acercarse, descubrió con horror que un cuerpo humano en avanzado estado de descomposición emergía entre el limo. Rápidamente corrió a advertir al Puesto de los Reales Carabineros de Vigàta. El Mariscal de la Benemérita, cogido por un presentimiento, comunicó el hallazgo al Delegado de Policía, que estaba en la cama con fiebre. A pesar de la indisposición, el Delegado, también él cogido por el mismo triste presentimiento, quiso desplazarse al lugar.

Aunque el cadáver tenía aproximadamente la misma complexión que el contable Patò, el avanzadísimo estado de descomposición no permitía una más precisa identificación. Con el consentimiento del Juez de primera instancia, Jacobello, a última hora de la mañana el cuerpo fue trasladado a la habitación adyacente a la Iglesia del Cementerio, que hace de morgue. Hacia las tres de la tarde el Doctor Francesco Simeone, al practicar la autopsia, con gran fatiga consiguió despojar al cadáver de la ropa que se había fundido con los míseros restos. El muerto no presentaba rastro alguno de violencia. Mientras el Doctor seguía su obra, el Mariscal y el Delegado, manipulándolas con extrema delicadeza, trataban de descubrir entre las vestimentas algo que pudiera dar lugar a una identificación. Su paciencia fue premiada. En uno de los bolsillos de la chaqueta se encontraba un sobre impregnado de humedad y con muchas partes borradas por la misma. Pero aún era posible leer lo que a continuación reproducimos:

...sterio del... terior
...ario de Estad...

Esto por lo que se refiere al membrete impreso. Menos legible era la dirección escrita con pluma, al estar la tinta diluida por el relente:

...ble
...nio Pa...
...tor Fil...
...nco de Tr...
...Vig...

El sobre, en su interior, no contenía carta alguna.

En este punto ya no había dudas, la inscripción del sobre podía ser reconstruida de la siguiente manera:

Ministerio del Interior
El Subsecretario de Estado
Al Contable
Antonio Patò
Director Filial
Banco de Trinacria
Vigàta

El Delegado y el Mariscal corrieron entonces a Montelusa para advertir a sus respectivos Superiores. Los cuales decidieron informar de inmediato del doloroso hallazgo al tío, S.E. el Senador Artidoro Pecoraro, Subsecretario del Ministerio del Interior, quien estaba a punto de trasladarse a la Prefectura para recibir un mensaje de bienvenida.

En la morgue, Su Excelencia Pecoraro, que no conseguía contener el llanto, reconocía en esos míseros restos a su adorado sobrino. También reconocía los fragmentos de sobre como pertenecientes a una carta enviada al contable. Su Excelencia, siempre entre lágrimas, quiso hacer el siguiente comentario: «¡Éste es un día de terrible duelo para mí! ¡Y habría debido ser un día de agradable fiesta! ¿Qué somos con todas nuestras pompas? ¡No somos nada! Sin embargo, este trágico acontecimiento servirá para silenciar las ignobles voces que querían enfangar a mi familia!».

El señor Jefe de Policía y el señor Capitán de los Reales Carabineros han querido elogiar públicamente al Delegado de Policía Bellavia y al Mariscal de la Benemérita Giummàro de Vigàta, que han indagado con pericia y tenacidad sobre la desaparición.

La opinión general es que el amor de la señora Patò por su marido la había conducido desde el principio a una explicación que se reveló, al fin, la correcta: el pobre contable Patò, al caer en el foso durante la representación de la *Muerte*, se golpeó la cabeza perdiendo la memoria; después de vagabundear durante mucho tiempo, exhausto y hambriento, encontró la muerte.

Su Excelencia el Senador Pecoraro, su familia y sus parientes y amigos reciban los sentimientos de condolencia de nuestro periódico.

Nota

Este libro me fue sugerido por las pocas líneas de Leonardo Sciascia que cito in limine.
Con anterioridad, sobre el mismo tema, había escrito un breve relato aparecido en L'Almanacco dell'Altana 2000 *y luego, de manera reducida, en el periódico* La Stampa.
Pero puesto que la historia seguía atormentándome, he vuelto a poner las manos en ella, modificándola y ampliándola hasta obtener este «dossier».
Me lo he inventado todo, lo confieso. Es posible que haya alguna coincidencia de nombres y apellidos, pero se trata, lo repito, de condenadas coincidencias. Por lo demás, en alguna parte del libro, hay un tal Andrea Camilleri. Es un evidente caso de homonimia, dado que la historia se desarrolla en 1890.

A.C.

Un acontecimiento admirable y misterioso se verificó en Vigàta el 21 de marzo de 1890, Viernes Santo, durante la sagrada representación de la Pasión de Cristo según el caballero D'Orioles, popularmente llamada la *Muerte*: el contable Antonio Patò, director de la sede local del «Banco de Trinacria», funcionario irreprochable, marido integrísimo y padre amoroso de dos traviesos niños, además de apreciado Judas en la antedicha representación, tal como estaba en el guión se precipitó, al término de ésta, por el escotillón preparado para abrirse, con maravillosa verosimilitud, bajo los pies del traidor de Cristo, pero ya no volvió a aparecer para recibir el aplauso del público y luego regresar a su habitual papel de ciudadano modelo. Desaparecido en la nada, volatilizado.

«¿Patò ha muerto o se ha escondido?» se interroga una pintada aparecida en una pared de Vigàta en la mañana del 23 de marzo, Domingo de Pascua. Es lo que quiere saber toda la ciudadanía, su desamparada y afligida esposa, la señora Elisabetta Mangiafico de Patò, su cuñado el Capitán del Real Ejército Arnoldo Mangiafico, destinado en Caltanissetta, y sobre todo S.E. el Senador Gran Oficial Artidoro Pecoraro, Subsecretario de Estado del Ministerio del Interior, además de encumbrado pariente del esfumado contable.

La Delegación de Policía de Vigàta y el Puesto de los Reales Carabineros están alertas; los periódicos *L'Araldo di Montelusa* e incluso la muy insidiosa y antigubernamental *La Gazzetta dell'Isola* están revolucionados, es preciso echar luz sobre el misterio antes de que sea demasiado tarde, antes de que el escándalo se extienda de la isla a todo el Reino. Puede haber sucedido de todo: ¿quizá un loco obsesionado por manías religiosas ha confundido al actor con Judas en persona y ha querido golpear en el ignorante contable al traidor de Nuestro Señor? ¿Algún embrollo del Banco de Trinacria que estuviera en conocimiento de Patò? ¿Una pérdida de memoria consecuencia de la caída? ¿Una fuga a lo Matías Pascal? ¿La sombra de la mafia? ¿O deben tomarse en seria consideración las hipótesis de dos excéntricos súbditos de Su Majestad Británica? El Real Astrónomo de la Corte Alistair O'Rodd está dispuesto a apostar que una fractura en el continuum espacio-temporal se tragó al contable en un voraz intersticio, mientras que el Arqueólogo de la Corte Michael Christopher Enscher jura por el, para todos oculto (salvo para él), poder de la «escalera de Penrose».

Escrito en forma de hilarante dossier, prodigioso repertorio de tradiciones sículas, de hábitos itálicos, de buenos y malos usos dieciochescos y contemporáneos, inigualable muestrario de lenguaje burocrático, burgués y popular, refinado inventario de las formas de la novela de misterio y de los equívocos de la comedia de costumbres, minucioso catálogo de las manifestaciones del poder y del candor, del aplomo y de la idiotez de los hombres, *La desaparición de Patò* es una de las (tantas) cimas del arte de un escritor que cuanto más ligero parece, más excava en las profundidades de nuestro pasado, de nuestro presente.

Nacido en Porto Empedocle (Agrigento, Italia) en 1925, Andrea Camilleri se da a conocer como novelista en 1978, con *El curso de las cosas* (reeditado en 1999). Entre sus demás obras: *Un hilo de humo, La ópera de Vigàta* (1995, premio Vittorini), *La temporada de caza, La strage dimenticata, La bolla di componenda, La concesión del teléfono, Un mese con Montalbano, Gli arancini di Montalbano, La mossa del cavallo* (1999, Premio Elsa Morante). Las cinco novelas que tienen como protagonista al comisario Montalbano son: *La forma dell'acqua, Il cane di terracotta, Il ladro di merendine, La voce del violino* (premio Flaiano 1998) y *La gita a Tindari.*

Otros títulos del autor en Booket: